川尻道哉〈著〉……………………………………………KAWAJIRI Michiya

カルナとアルジュナ

『マハーバーラタ』の英雄譚を読む

महाभारतम्

勉誠出版

はじめに

本書は世界最大級の物語であるインドの叙事詩『マハーバーラタ』のうち、第8巻『カルナの巻』の後半を主たる題材とする。なぜそのようなある意味中途半端な箇所を扱うかといえば、これまでの『マハーバーラタ』の出版事情による。

『マハーバーラタ』は、インドの文化が世界的に知られるようになって以来多くの注目を集め続け、近代以降に校訂された版本が出版されると、複数の英訳が出版された。近年では、デブロイ（Debroy）による「プーナ批評版」に基づく全訳が知られているし、二十世紀初頭からすでにガングリ（Ganguli）やダット（Dutt）といったインド人による英訳も行われてきた。

日本でも山際素男氏がダットの英訳に基づく和訳を出版し、また上村勝彦氏がプーナ批評版に基づいた「原典訳」の全巻出版を試みた。しかし、山際訳は英語からの重訳である上に省略が多く、上村訳は氏の急逝により第8巻の途中で途絶した。特に上村訳は碩学による詳細な翻訳であり、多くの読書人の注目を集めていたが、途絶後にそのあとを継ぐものもないままである。二十年近くその状況が続いていたが、近年になって『マハーバーラタ』を取り巻く環境に大きな変化が生じた。

一つは『バーフバリ』に代表されるインド映画が大衆的人気を博したことである。インド映画はその成り立ち上宗教的、もしくは神話的モチーフをはらむことが多く、シーンやエピソードのモチーフの「元ネタ」を知りたいという欲求から、インド文化そのものへの関心を増大させた映画ファンが多数存在する。その中には当然『マハーバーラタ』も含まれる。

もう一つはFate/Grand Order（以下ＦＧＯ）というゲームの登場である。本作品は、詳細は省くが、様々な物語や神話に登場する、あるいは歴史上の人物を「英霊」というキャラクターとして召喚させて戦うゲームである。その「英霊」に、『マハーバーラタ』の主要な登場人物であるアルジュナとカルナが含まれている。この二人は大変な人気を呼び、その原典である『マハーバーラタ』への関心がにわかに高まってきた。しかし肝心の二人の戦いについては、山際訳は上述のように省略が多いためその全貌は明らかではなく、上村訳はその直前で途切れており、「原典ではこの二人の闘いはどうなっているのか」を知りたいという欲求がＦＧＯファンの間で強くなったものの、実際にアクセスできる手段が非常に限られているのが実状である。

そこで本書では、そうした需要に応えるべく、上村訳の直後から「カルナの章」をサンスクリット原典（プーナ批評版）から可能な限り完全に日本語に翻訳し、二人の闘いとカルナの運命を明らかにすることを目的とする。尤も、ただ翻訳のみを本にしたのでは読みにくく不親切であるから、『マハーバーラタ』全体を見通す概説や梗概を付し、二人の戦いに至る道筋とその後の運命をわかりやすく捉えられるように腐心した。それには従来の様々な研究を参照することが必要であり、学問的に妥当な形式を保った上で本文中に註釈の形で触れている。

本書は以下のような構成を取る。

第1章　『マハーバーラタ』とはなにか
第2章　『マハーバーラタ』に至るまでのインド思想
第3章　『マハーバーラタ』の物語
第4章　アルジュナとカルナ
第5章　『マハーバーラタ』第8巻「カルナの巻」

第1章では、『マハーバーラタ』の成立の事情を考察した上で、その物語構造について解説する。第2章では、『マハーバーラタ』を読む上での基礎知識として、ヴェーダやウパニシャッドに始まるインドの宗教思想について概説する。第3章では『マハーバーラタ』の物語全体の粗筋に触れる。『マハーバーラタ』の粗筋については、上記上村訳をはじめ様々な書籍等で既に述べられているものであるが、ここでは本書の目的に資するように工夫した。そして第4章では、本書のいわば主人公であるカルナとアルジュナの二人について考察する。二人の出自や来歴、二人をめぐる確執などを知ることによって、なぜ二人の決戦が『マハーバーラタ』における大戦（クルクシェートラの戦い）において重要なのかを知ることができるであろう。

最後の第5章で、『マハーバーラタ』第8巻「カルナの巻」前半の梗概と、上村氏が訳出した部分以降の和訳を示す。ここが本書の中心であり、二人の戦いがどのようなものであったのか、戦いが終わってどうなったのかが詳細に示される。

このようにして、アルジュナとカルナという二人の英雄についての視点を得ることで、『マハーバーラタ』という物語がより楽しめるはずである。本書を通じて、『マハーバーラタ』について、ひいてはインド古典文化への関心が高まれば幸いである。

［目次◎カルナとアルジュナ――『マハーバーラタ』の英雄譚を読む］

第3章 『マハーバーラタ』の物語 ―― 057

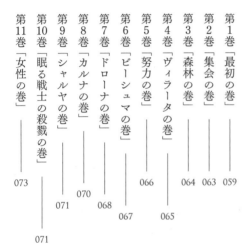

第4章 アルジュナとカルナ

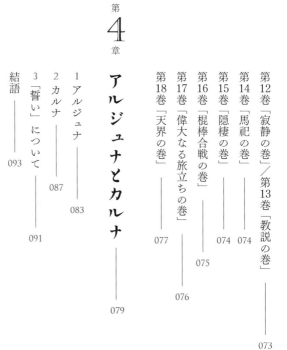

第5章 『マハーバーラタ』第8巻「カルナの巻」――097

1

『マハーバーラタ』とはなにか

1 『マハーバーラタ』の成立と背景

本書はインドの叙事詩『マハーバーラタ』のうち、特に第8巻後半の戦いを中心に扱うものである。『マハーバーラタ』は世界最大級の物語であり、インド文化の金字塔とも言える大叙事詩であって、本書の基づくプーナ批評版のテキストによれば約七万四〇〇〇詩節を有する。〈01〉しかも各詩節の長さはまちまちであるから、その数のみをもってして『マハーバーラタ』の巨大さをうかがい知ることはできない。おそらく数百年の時間をかけて多くの人間が語り継ぎ、挿入に挿入を加えて現在伝わる形になったと考えられるから、そのバリエーションも多く、全貌を知ることは容易ではない。ただしインド人にとっていかに大事なものであるかは、ヒンディー語で「インド」という国名を「バーラト（Bhārat）」と称するところからも感じることができよう。また『マハーバーラタ』はしばしば「第五のヴェーダ」と呼ばれることもあり、一種の聖典として扱われてもいる。

『マハーバーラタ』はその作中でもまたインドの伝統においても「年代記（itihāsa）」として言及されることが多く（同じくインドの大叙事詩である『ラーマーヤナ』が「最初の詩（ādikāvya）」と呼ばれるのとは対照的である〈02〉）、ヒンドゥー教徒にとっては単なる「物語」を超えた自分たちのルーツの伝承となっている。

さらに、『マハーバーラタ』を記述するサンスクリットが必ずしもパーニニ（紀元前五～四世紀頃の文法学者）によって規定された「古典サンスクリット」ではなく、名詞の曲用や語尾変化に例外が多々見られることから、特に古い部分については、バラモン（司祭・神官）階級による文字化されたテキストの伝承だけではなく、クシャトリヤ（武人・王族）階級を中心とした様々な社会階層・地域の人々による口頭の伝承の形跡が色濃く見られる。[03] このことは、『マハーバーラタ』の成立に複合的なルーツがあることを予想させる。すなわち、主題となる戦いの「歴史」についてはクシャトリヤ階級の中で生じて吟遊詩人等がそれを伝え、そこにヴェーダ以来の伝統的要素がバラモン階級によって付加されたというものである。さらにバラモンたちの間に興りつつあった「新しい」思想、たとえばサーンキヤ的二元論や信愛（bhakti）信仰などが影響し、ヴェーダから当時の風潮としての一神教的傾向までが一つのテキストに包含されることになったと考えられる。

『マハーバーラタ』の主題はその題名にあるバラタ族（bhārata）の対立と戦争の物語である。しかしその主題は全体の五分の一ほどに過ぎず、残りは様々な神話、挿話、論説などからなる。中にはよく知られる『バガヴァッド・ギーター（Bhagavadgītā）』のように独立した聖典として愛読されてきた箇所もあるし、賭け事で悪魔に陥れられた王と愛妻を描いた『ナラ王物語（Naropakhyāya）』のような説話も含まれる。そうした総体をもって『マハーバーラタ』は成り立っているのであり、一つの独立した物語として扱うにはあまりに複雑である。

そもそも『マハーバーラタ（Mahābhārata）』という題名はどういう意味かといえば、直訳すれば「偉大なるバラタ族」となる。ただし本文中ではまず四ヴェーダと『マハーバーラタ』一冊を秤にかけたところ『マハーバーラタ』のほうが大きさ重さともに大きかったので、「大きく（mahā）」「重い（bhāra）」ので『マハーバーラタ』と呼ばれるとあり、〈04〉また別の箇所では「バラタ族の偉大な誕生」として言及されていて、その語源を知るものは一切の罪過から自由となると述べられている。〈05〉

実際のところ物語の主軸である「バラタ族」が歴史的にどのような人々をモデルとしているのかは明らかではないが、『リグ・ヴェーダ』に記述がある「バラタ族」は、紀元前十世紀よりも以前に存在したとされるアーリア人の有力部族であり、〈06〉物語に登場するクル族、パンチャーラ族などはその後裔にあたるとされる。ただし物語中に、都市国家時代（紀元前六～五世紀）の実在の国名がいくつか見られることから、ヴェーダ時代後期から都市国家時代にかけて実際にあった戦争が題材とされているとも考えられている。その戦争の伝説が口承で伝わっていく過程で、様々な挿話が追加されて『マハーバーラタ』になったという考え方である。

したがって、『マハーバーラタ』の成立は都市国家時代以降であることは確かだが、どこまで遡ることができるかはこれも明らかではない。土田龍太郎氏によれば、『マハーバーラタ』に付随する物語である『ハリヴァンシャ』の一部がシュンガ朝時代（紀元前二世紀～一世紀）を背景としていることから、それに先行する『マハーバーラタ』の古い伝承はシュンガ朝以前のマウリヤ朝時代（紀元前四世紀～二世紀）まで遡るはずであるとしている。〈07〉

マウリヤ朝は都市国家のうちのマガダ国が拡大しインドのほぼ全土を統一して成立した王朝であり、特に第三代のアショーカ王のときに全盛期を迎えた。そしてマウリヤ朝が分裂・滅亡して成立したのがシュンガ朝である。そのマウリヤ朝後期からシュンガ朝時代が『マハーバーラタ』の初期の成立年代であるとすれば、その時代のインドは仏教が盛んであり、古いヴェーダの信仰が薄れつつあった。さらに、司祭・神官階級であるバラモンが独占していたヴェーダの知識や祭式がクシャトリヤ階級にまで広がり、社会におけるクシャトリヤの存在感が強まって、バラモンがクシャトリヤに従属的な立場となることもしばしばであった。〈08〉大きな社会変動があった時代である。

しかしながらこの時期は、同時にヴェーダの信仰――バラモン教から、現在に至る「ヒンドゥー教」の原型が勃興していた時代でもある。ヒンドゥー教では、ヴェーダではやや希薄だった神々の人格的個性が明確になり、神々を祭式を通じた願望装置としての信仰の一部として扱うのではなく、一神教的な神への強い信仰心が生まれてきた。また、ヴェーダ時代には存在しなかった先住民の神やよりローカルな自然信仰などもパンテオンに含まれるようになった。その代表がシヴァとヴィシュヌである。ヴィシュヌはヴェーダの太陽神ではあるが、その存在感はヒンドゥー教の時代になって圧倒的に大きくなり、シヴァはそもそも先住民の神をルーツとするという説が有力である。『マハーバーラタ』では、重要な役割を果たすクリシュナはヴィシュヌの権化であり（ヴィシュヌが人類の救済のために様々な権化としてこの世界に現れるという信仰も新しいものである）、物語中にシヴァも登場するなど、古いヴェーダの神への信仰にとどまらない新しい信仰の形を見て取ることができる。ましで『バガヴァッド・ギーター』における信愛（bhakti）の思想や、後世のサーンキヤ学派の思想の源流、さらには繰り返される「ヨーガ」のモチーフなどは、ヴェーダの信仰とは大きく異なったものである。作中に登場するヴェーダの神々、たとえばインドラや太陽神スーリヤの果たす限定的な役割（彼らは主役級の登場人物であるアルジュナやカルナの血縁上の父ではあるが、限られた場面における助言者に過ぎない）に対して、クリシュナ＝ヴィシュヌやシヴァの果たす役割は遥かに大きい。人々の信仰の対象がヴェーダの神々からシヴァやヴィシュヌといった強力な人格神に移行しつつあったことが伺える。

そして、最も新しい部分については、遅くともグプタ朝初期（四世紀）までには完成していたと考えられている。グプタ朝時代にはサンスクリットによる詩文の技法や作法が一通りの完成を見て、サンスクリット文化の基礎が確定した。ヒンドゥー教の諸学派の成立もグプタ朝期であって、古典サンスクリットによって重要な文書を記述する文化的習慣が確立した時代と言える。『マハーバーラタ』に並ぶ大叙事詩として知られる『ラーマーヤナ』も、概ねグプタ朝時代までには成立したとされる。なお、『ラーマーヤナ』はその概略が『マハーバーラタ』第3巻でも挿話の一つとして語られている（このあたりに両者のクロノロジカルな問題が出てくるが、ここでは深く触れないこととする）。

つまり『マハーバーラタ』は、バラモン教からヒンドゥー教への移行の時代に、ヴェーダの伝統を保持しつつ、当時興りつつあった新しい信仰や民間信仰、さらには紀元前後に『マヌ法典』として結実する法や道徳、階級的義務や女性の扱いなどの様々なルールなどを孕んで成長した大きな潮流なのである。言い換えれば『マハーバーラタ』はヒンドゥー教の大きな源流そのものでもあり、まさに「法・実利・享楽・解脱に関して、ここに存するものは他にもある。しかし、ここに存しないものは他のどこにも存しない（『マハーバーラタ』1.56.33）」のである。〈09〉ここでいう「法（dharma）と実利（artha）と享楽（kāma）」とはヒンドゥー教における人生の目的であり、法を守り、実利（階級的職益）を追究し、子孫を残すことが重要だという考え方そのものを指す。そして上位三階級に生まれた者は解脱を目指すべきであるとする、ヒンドゥー的倫理が明確に示されてもいる。

ここに私達は、「古典」の意味を知ることができる。現代の細分化された学問とは異なり、古典は歴史も物語も宗教も区別せず、全てを等しく「法（dharma）」や「伝承（itihāsa）」として扱う。『マハーバーラタ』は、物語（叙事詩）という形態をとってはいるが、それが成立した年代、つまりマウリヤ朝後期からグプタ朝時代に至るまでのインドの人々の価値の集約なのである。『マハーバーラタ』に触れることは、インド人の心に触れることだとも言えるのではないだろうか。

2　『マハーバーラタ』の物語構造

先述したように『マハーバーラタ』はあまりに巨大でありその全貌を把握することは困難である。それでも、近代以降に出版された刊本が複数あり、それらに触れることで大まかに全体を見通すことは可能であって、全部で何章あってどれだけの詩節を含むかといった文献学的基礎情報は得られる。

現在知られる『マハーバーラタ』は全18巻からなる。各巻の題名とプーナ批評版において含有する詩節数は以下の通りである。

第1巻『最初の巻（Ādiparvan）』　七二〇五詩節
第2巻『集会の巻（Sabhāparvan）』　二三八七詩節
第3巻『森林の巻（Āraṇyakaparvan）』　一万二三九詩節
第4巻『ヴィラータの巻（Virāṭaparvan）』　一七三六詩節
第5巻『努力の巻（Udyogaparvan）』　六〇〇一詩節
第6巻『ビーシュマの巻（Bhīṣmaparvan）』　五三八一詩節
第7巻『ドローナの巻（Droṇaparvan）』　八〇六九詩節
第8巻『カルナの巻（Karṇaparvan）』　三八七〇詩節
第9巻『シャルヤの巻（Śalyaparvan）』　三三一五詩節
第10巻『眠る戦士の殺戮の巻（Sauptikaparvan）』　七七一詩節
第11巻『女性の巻（Strīparvan）』　七一三詩節
第12巻『寂静の巻（Śāntiparvan）』　一万三〇〇六詩節
第13巻『教説の巻（Anuśāsanaparvan）』　六四九三詩節
第14巻『馬祀の巻（Āśvamedhikaparvan）』　二七四三詩節
第15巻『隠棲の巻（Āśramavasikaparvan）』　一〇六一詩節
第16巻『棍棒合戦の巻（Mausalaparvan）』　二七三詩節
第17巻『偉大なる旅立ちの巻（Mahāprasthanikaparvan）』　一〇六詩節

『マハーバーラタ』の作者は詩聖ヴィヤーサ（Vyāsa）であるとされるが、本編はヴィヤーサが直接語るのではなく、複数の語り手が存在する。そもそもヴィヤーサは本編において、カーリー女神が処女のまま生み、長じて一つのヴェーダを四つに分割したと言及される伝説的な人物であって、[10]その実在は疑わしい。むしろしばしば物語中に現れてその知恵と聖なる力を発揮する超人的な聖仙として描かれている。そしてカウラヴァとパーンダヴァの長、ドリタラーシュトラとパーンドゥの父親でもある。

ほぼ全体を通じての語り手は第1巻54章に登場するヴァイシャンパーヤナというバラモンの吟遊詩人である。彼は師であるヴィヤーサに命じられ、蛇供祭を行っていたジャナメージャヤ王に請われて『マハーバーラタ』の物語を語るという形式をとっている。また、ヴァイシャンパーヤナ登場以前の冒頭と物語の末尾にはウグラシュラヴァスという語り手が聖仙たちに語るという導入と結語が挿入されているが、これは後から成立したものであろう。[11]さらに、『マハーバーラタ』1.1.50には「あるバラモンたちは、マヌから始めて『バーラタ』を学ぶ。また、他の人々は、『アースティーカ』の物語から、また、他の人々は、『ウパリチャラ』の物語から学ぶ」と述べられているように、[12]導入部で三つの伝承の存在が示唆されてもいる。つまり複数の伝承をまとめて『マハーバーラタ』が成立しているという事情が作中で認められているのである。

また、クルクシェートラの闘いの場面では、盲目のドリタラーシュトラ王に、千里眼を得た御者のサンジャヤが語るという形式をとっていて、この闘いの描写に関してはサンジャヤが語り手と言って差し支えない。つまり完成した『マハーバーラタ』の叙述は以下のような構造を持つ。

ウグラシュラバスの語り
　ヴァイシャンパーヤナの語り
　　サンジャヤの語り
　ヴァイシャンパーヤナの語り
ウグラシュラバスの語り

『マハーバーラタ』の叙述構造は複雑ではあるが、このように整理してみると、その成立の過程で様々な挿話がなされた時、「ヴァイシャンパーヤナは語った」という一文を挿入すればそれはもはや『マハーバーラタ』の物語に組み込まれるのであって、実際にそれを作ったのが誰であれ、伝承に組み込まれればそれは伝説の詩聖ヴィヤーサの作と見なされることになる。こうして『マハーバーラタ』が成立したのである。

さて、上記18巻のうち、第1巻が導入としての巻、第2巻から第5巻がパーンダヴァとカウラヴァの確執についての物語である。そして第6巻から第10巻が十八日間のクルクシェートラの戦いの物語であり、ここでサンジャヤが語り手となっている。第11巻は戦いで家族を失った女性たちの嘆きを描き、第12巻はビーシュマの口を借りる形で様々な法について説かれ、〈13〉第13巻は主に「布施の法」を説く哲学的色彩の濃い巻であり、第12巻から引き継いだ内容も多い。〈14〉第14巻から第16巻は様々な挿話が多いが、中心となるのは戦後生き残ったパーンダヴァたちの運命である。第16巻ではクリシュナも死亡する。そして第17巻から第18巻で、ユディシュティラをはじめパーンダヴァたちは皆死んで身体を失い、天界で再会するのである。

本書で触れることのできる部分は上記のうちのごく僅かに過ぎないが、既に述べたように『マハーバーラタ』における「本筋」であるパーンダヴァとカウラヴァの物語が全体に占める割合は少なく、挿話としての神話や説話などが相当の分量となっている。言い換えれば、前節で触れたクシャトリヤ階級から生じた戦争の伝承に、様々な社会階層で伝えられた説話群が加わり、さらにはバラモン階級において引き継がれてきたヴェーダの信仰や新しい思想などが加えられて『マハーバーラタ』は成り立っている。したがって、『マハーバーラタ』の物語構造はストーリーではなく上述の「語り」が枠をなしており、その枠を逸脱しない上で様々な物語が並列して描かれているのである。中村史氏はそれを『アラビアン・ナイト』に比しているが、〈15〉要は語りの枠組みが物語の枠組みの上位にあって、物語の一貫性よりも語りの枠組みを堅持することが優先されていると言える。

これは長い時間をかけて多くの語り手が作り上げた『マハーバーラタ』という総体のありようと不可分であり、地域も時間も幅広いバックグラウンドを持った物語を一つの枠組みに収めようとすると必然的に生じる事態でもある。言い換えれば、語りの枠組みこそが『マハーバーラタ』の本質的構造なのであり、「物語」として全体を見通すことは困難なのである。

インドにおける後世の批評家たちは『マハーバーラタ』について、詩学の概念である「ラサ(rasa、妙味)」という評価基準を用いて、「寂静の妙味(śāntarasa)」が本質であるとしているが、[16] それは最後部で描かれる「戦場を駆け巡った勇者たちも皆死んで天界に赴く」というある種の無常観を評価したものであって、たとえば戦争の場面では残酷さや恐怖が描かれ、挿話では恋情や笑いも描かれる。ことほど多様な物語を形として一つにするには、物語の多様性をそのままに語りの枠組みで括る他なかったのであろう。

もちろん、たとえばパーンダヴァとカウラヴァの「賭け」による財産(人間を含む)や国土のやりとりを、マルセル・モースによる「贈物の交換」に準えて物語構造を捉えるようなことも可能であるし、犠牲を伴う祭祀の象徴的交換とみなすことによって、物語全体を賭け事から始まった大戦争として象徴的交換構造によって捉えることもできる。[17] 挿話としてのナラ王とダマヤンティーの物語も交換構造によって捉えられるし、本書の主人公の一人であるカルナがインドラから必殺の槍を得るのもまた彼の生まれつきの甲冑及び耳飾りとの交換である。そのような神話的構造論として、総体としての『マハーバーラタ』が語られること自体「贈物」でもある。そもそも『マハーバーラタ』に、善と悪、死と再生といった(レヴィ＝ストロース的な、あるいはデリダが事象の非人称化であると批判したものとしての)形而上的二項対立構造を見出すこともまた可能である。物語冒頭に語られる世界創造の乳海攪拌神話も日本における国造りの神話との構造的類似性が見出せるなど、二十世紀以降の構造主義やポストモダン的物語論で分析する対象として『マハーバーラタ』を扱うこともできよう。

そもそも『マハーバーラタ』は、最も新しいと考えられる部分ですら、日本の『古事記』よりも古い。インド文明はその淵源を遠く紀元前一五〇〇年ほどまで遡れるから、相対的に『マハーバーラタ』はそれほど古いものとも捉えられないかもしれないが、少なくとも「独立した個人の主体的行動の記述」としての近代的物語像を当てはめることができないのはある意味当然であって、そこに「作者」の意図や目的を見出すことはできない。リオタールのいう「大きな物語」(リオタールは元来この概念を科学の正当化の条件として用いているが)が背後にあるわけではなく、『マハーバーラタ』自体がその後のヒンドゥー文明の基盤たる「大きな物語」であるかもしれない。ヒンドゥー教徒がヒンドゥーという物語を生きているとするならば、やはり前項で述べたように「ヒンドゥーという価値の集約」と考えるのが妥当であろう。それ自体が物語でありながら多くの物語の上位にあるメタ物語、それが『マハーバーラタ』なのである。

このように『マハーバーラタ』の背景と構造について概略を述べた。以降の章ではより具体的にその内容を概観することとする。

注

〈01〉Debroy (2013), p. xxvi.
〈02〉Brockington (1998), p. 1.
〈03〉Brockington (1998), pp. 86-97.
〈04〉上村（二〇〇二）、六九ページ。
〈05〉上村（二〇〇二）、二四九ページ。「バラタ族の偉大な誕生がマハーバーラタであると言われる。この語源解釈を知るものは、一切の罪悪から解放される」。
〈06〉Singh (2009), p. 187.
〈07〉Tsuchida (2009).
〈08〉Tsuchida (2009) によれば、シュンガ朝時代にはヴェーダの信仰の復興が試みられ、主要な祭式からのクシャトリヤの排除などもあったとされる。
〈09〉上村（二〇〇二）、二四九―二五〇ページ。
〈10〉上村（二〇〇二）、二四一ページ。
〈11〉Tsuchida (2008).
〈12〉上村（二〇〇二）、五一ページ。なお、ヴェーダを「分割」(vi-√as) したからVyāsaという名なのであるとも述べられている。
〈13〉この巻の内容には時系列的に疑問がある。徳永（二〇〇二）を参照。
〈14〉この巻の構造や内容については中村（二〇一四）を参照。
〈15〉中村（二〇一四）。
〈16〉上村（一九九二）、二六ページ。

〈17〉 Brockington（1998), pp. 187-188.

2

『マハーバーラタ』に至るまでのインド思想

前章で述べたとおり、『マハーバーラタ』はマウリヤ朝後期からグプタ朝時代にかけての長い時間をかけて成立したものである。そしてその背後には幅広くかつ長い歴史を持つインドの思想や信仰が息づいている。『マハーバーラタ』本編にも、『バガヴァッド・ギーター』や『アヌギーター』といった哲学的詩篇が多く含まれ、またしばしば思想的比喩が用いられてもいる。そうした点をも理解するためには、広くインドの信仰・哲学に触れておくことも重要であろう。

そもそも『マハーバーラタ』自体、単なる文学作品としてではなく、「第五のヴェーダ」として、ヒンドゥー教の聖典たる意味も持つし、これを読むことによって宗教的功徳が得られると本編でも示されている〈01〉。既に述べたように、古代世界では文学も歴史も宗教も、あるいはその他の表象芸術も、一つの大きな潮流であってそれぞれの区別はあまりない。『マハーバーラタ』では様々な神々が物語の中で重要な地位を占めていて、そうした神々への信仰もまた一つの大きなテーマである。さらには、神々の地位をも超えて輪廻の輪から脱すること、すなわち解脱（mokṣa）が生きとし生けるものの最終的目標として掲げられていて、言うまでもなくそれはバラモン教・ヒンドゥー教の目指すところであるから、『マハーバーラタ』はまさにヒンドゥーという信仰のあり方と不可分なのである。

そこで本章では、『マハーバーラタ』の成立に至るまでのインドにおける宗教文化の流れを簡潔に示すことで、『マハーバーラタ』に登場する人間や神々がどのような行動原理や心理によって生きているのかをより深く感得する助けとなることを目指す。

1　ヴェーダの信仰

（1）概要

インドに文明が生じたのは紀元前二六〇〇年頃だとされている。当時の文明は、その遺跡がまずインダス川流域で発見されたことから一般に「インダス文明」と呼ばれる。ただこの文明に関しては、文字資料が少なくいまだ解読されていないことから、詳しいことはわかっていない。ただかなり高度な都市文明であったらしいことや、後のヒンドゥー教にも現れる土着的神格の原型と思しき像などが見つかっていることから、その後の文明と何らかの連続性を持つものであったことが推測されている。

より確かに現在に至るインド文明の礎となったのは、紀元前一五〇〇年頃のアーリア人のインド亜大陸への侵入である。アーリア人はおそらく黒海からカスピ海沿岸部周辺を起源とする遊牧民族であり、インドのみならずヨーロッパやトルコ、イランなどユーラシア大陸の西側に広く移動し、様々な文明の基礎を築いた。したがって、現在のヨーロッパ地域やイランとインド亜大陸では、言語や神話などの文化的共通性が多く見られる。

インドにおいては、鉄を有する段階にある騎馬民族であるアーリア人が、青銅器文明の段階にある農耕民であった先住民のドラヴィダ系の人々を武力で圧倒して征服地域を広げ定着していった。

この定住したアーリア人がインド文明の源である。

アーリア人たちは遊牧から農耕へとその生活様式をシフトしていくに従って、インドに独自の信仰体系を作り上げていった。その基本が『ヴェーダ（Veda）』と呼ばれる聖典群である。「ヴェーダ」とは「聞いたもの」を意味し、神々の声を祭官詩人が聞き取ったものとされている天啓聖典（śruti）である。〈02〉ただしそれは宗教的建前であって、実際にはもともとアーリア人が持っていた信仰に、インドを征服していく過程で起こった戦争などの様々な出来事が伝説化して付け加わって成立したものと考えられる。

ヴェーダの基本をなすのは『リグ・ヴェーダ（Ṛg-Veda）』と呼ばれる、神々への讃歌（ṛc）を集めたヴェーダである。これには様々な世界創造の神話などが含まれている。この『リグ・ヴェーダ』に加え、神々への讃歌を祭式で詠唱する際の旋律や韻律を集めたものが『サーマ・ヴェーダ（Sāma-Veda）』、祭式における祭詞を集めたものが『ヤジュル・ヴェーダ（Yajur-Veda）』と呼ばれる。さらに、おそらく別の体系の知識であったものがヴェーダに組み込まれたものとして、呪術や占術などの知識を集めた『アタルヴァ・ヴェーダ（Atharva-Veda）』があり、この四つで「四ヴェーダ」と一般に呼ばれる。『マハーバーラタ』が「第五のヴェーダ」と呼ばれるのは、上述の四つのヴェーダに次ぐものとしての地位を与えられていることになる。

アーリア人の信仰はこのヴェーダを元にしたものであるが、ヴェーダの内容に祭式に関わるものが目立つことに気がつく。インドにおけるアーリア人の信仰は祭式が中心となっており、祭式を通じて願望を叶える、いわば信仰全体が願望装置となっている。すなわち、犠牲や祭火などの形式を守って祭式を正しく行い、ヴェーダの讃歌を正しく神々に伝えたならば、神々は人間の願いを叶えなければならないのである。そういう意味では、人間は祭式とヴェーダの力によって神々に命令することができるのである。

したがって神々は多くの讃歌をもって称えられてはいるが、人間にとって重要なのはその権能であり、神自身の人格などへの関心は薄かったと考えられる。人間の願望に応じて称えられる神々は交替し、戦勝を願うのであれば戦神インドラが、水を望むならば水神ヴァルナが祭式において称えられ、しかもそれぞれの順位などもない。このような信仰のあり方を、かつてマックス・ミュラーは多神教とも一神教とも異なる「交替神教」と呼んだ。

(2) ヴェーダの創世神話

『リグ・ヴェーダ』には様々な世界創造の神話が含まれている。世界は一つなのになぜ創世神話が複数存在するかという理由は明確ではないが、おそらくインド人にとって世界はループするものであって、そのループごとに始まりと終りがあるという想定があったこと、もしくはそもそも宇宙は一つではないという多元宇宙論が背後にあったとも考えられる。

『リグ・ヴェーダ』の創世神話の中でおそらく最も重要なのが「プルシャの讃歌(10.96)」であろう。この讃歌は、「原人」プルシャ(puruṣa)が祭祀において犠牲となり、その死体から世界の様々なものが生じたとする神話である。このように巨大な生命体の死体から世界が生じたとする神話は「巨人類型」として世界の様々なところで見られる。中国の盤古の神話、北欧神話におけるユミル、メソポタミア神話におけるマルドゥクとティアマトなど、枚挙にいとまがないが、この「プルシャの讃歌」がそうした他の文明と異なる点もまた多く見られる。たとえば以下のような文章である。

「かれから〈照らす者〉が生まれ〈照らす者〉から〔開展せる〕原人が生まれた。かれが生まれたときに、大地を越えてひろがった。――前方にも後方にも。[03]」

ここでは「循環発生」が見られる。すなわちプルシャから「照らす者」がうまれ、その「照らす者」から改めてプルシャが生まれている。これは明確な形を持たないプルシャが、具体的な姿のあるものとして生まれ直すことを意味している。そしてこのプルシャが犠牲獣となって祭式が行われる。

「神々が原人を犠牲獣として祭祀を実行したときに、春はその溶けたバターであり、夏はそれの薪であり、秋はそれの供物であった。[04]」

「完全に献供されたその犠牲獣から、もろもろの讃歌と諸々の旋律とが生じた。もろもろの韻律はそれから生じた。祭詞はそれから生じた。[05]」

このように、単に「原人」の死体から世界が生まれるのではなく、祭式によって世界が生じる点がこの神話のユニークな点である。創世という巨大な願望もまた祭式を通じて実現される。そして讃歌、旋律、韻律、祭詞は言うまでもなく上述の三ヴェーダである。『リグ・ヴェーダ』の讃歌の中で『リグ・ヴェーダ』に自己言及しているのであり、これは「プルシャの讃歌」が『リグ・ヴェーダ』の中でも比較的新しい部分であることを示唆している。このように聖典の中で聖典そのものに言及しているというのも珍しいパターンであろう。

さらに「プルシャの讃歌」では次のように述べられる。

「かれの口は、バラモンであった。彼の両腕は、王族とされた。彼の両腿は、庶民とされた。彼の両足からは隷民が生まれた。〈06〉」

「月はかれの思考機能から生じた。〔かれの〕眼からは太陽が生まれた。〔かれの〕口からはインドラとアグニが生まれた。〔かれの〕息からは風が生まれた。〈07〉」

ここではインド社会を特徴づける身分の萌芽が見られる。『リグ・ヴェーダ』の時代に明確な身分としてあったかはともかく、少なくとも社会的分業が進んだことと、おそらくは被征服者である先住民が奴隷の身分にされたことが伺える。それと同列に自然現象や神々〔自然もまた神であるが〕が生まれているのである。

このように、聖典や身分について創世神話でうたわれているのは、当時既にバラモン階級による知識の独占と支配がある程度確立し、また社会を形成する分業もなされていて、それを権威づけるものとしてこのような神話が後付されたことが推測される。「プルシャの讃歌」はそういう意味では「政治的」な神話なのである。

一方、ヴェーダの創世神話は複数あると冒頭に記したが、その中でも後世の哲学的思索のきっかけとなったであろう神話も存在する。それが「ナーサディーヤ（Nāsadīya）讃歌」と呼ばれるものである。これは冒頭の原文が'nāsat'で始まるためにこのような名で呼ばれる。やや長くなるが、全文を引用する。

「そのとき無もなかった。有もなかった。空界もなかった。それを覆う天もなかった。なにものが活動したのか、誰の庇護のもとに。深くして測るべからざる水は存在したのか。

そのとき死もなかった。不死もなかった。夜と昼との標識もなかった。かの唯一なるものは自力により風なく呼吸した。これよりほかになにものも存在しなかった。

宇宙の最初においては暗黒は暗黒に覆われていた。一切宇宙は光明なき水波であった。空虚に覆われ発現しつつあったかの唯一なるものは、熱の威力によって出生した。

最初に意欲はかの唯一なるものに現じた。これは思考の第一の種子であった。聖賢たちは熟慮して心に求め、有の連絡を無のうちに発見した。

かれら（聖賢）の紐は横に張られた。下方はあったのか、上方はあったのか。はらませるもの（男性的な力）があった、威力（女性的な力）があった。本来存する力は下に、衝動力は上に。だれが正しく知る者であるか、だれがここに宣言し得る者であるか。この展開はどこから生じ、どこから来たのか。神々は宇宙の展開より後である。しからば展開がどこから起こったのかを、だれが知るであろうか。

この展開はどこから起こったのか、かれは創造したのか、あるいは創造しなかったのか。最高天にあって宇宙を監視する者のみがじつにこれを知っている。あるいはかれもまたこれを知らない。〈08〉」

この神話は、意味するところが曖昧であってひどく難解である。ただ、「かの唯一なるもの」という非人格的・抽象的存在原理からこの宇宙が生まれたことを示唆している。そして、その原理は有でも無でもなく、そうした概念的な区別が成立する以前の段階であることをも示している。そして「有の連絡を無のうちに発見した」というように、「ある（sat）」と「ない（asat）」が対立関係にあること、すなわち「ある」「ない」という判断こそが最初の概念であるというのである。

そして紐が横に張られたことによって上下という概念が生まれる。その上下は男性性と女性性という概念を与えられ、それが宇宙の展開の原動力になっていることが推測される。こうして「ある」「ない」もしくは「上下」という概念として「かの唯一なるもの」は分節して宇宙を形成していくことになるのだが、問題はそれを観察しているものの存在が定かではないことである。認識というのは認識の主体と客体という分裂があって初めて成り立つものであって、神々の存在はここで示される展開よりも後であるから、認識の主体がいない。「監視する者」の存在も言及されているが、そもそもその監視者が宇宙の展開を見ていたかいなかったかもわからない。これも、監視者を対象として認識する主体の不在を意味する。もはや人間が想像できる限界を超えている。現代におけるビッグバン仮説によっても、そのエネルギーの急速な膨張以前がどうなっていたのか想像しがたいことに似ているとも言える。

つまりこの神話は、人間の認識や想像の枠を超えたところにこそ宇宙の始まりがあるという思索を表現しているもので、同時に認識が主客の対立を前提とするという、後のインド思想において大きな問題となる認識論の萌芽が見て取れる。このような抽象的な根源を宇宙に求める思索は、後に一層深まり、ウパニシャッドにおける「ブラフマン」概念へとつながっていく。そういう意味でもこの「ナーサディーヤ讃歌」は重要であろう。

2 ウパニシャッドの思想

(1) 概要

さて、ヴェーダの内容が哲学的思索をはらむようになったのと軌を一にして、インド社会にも大きな変化が生じた。それは農耕の発達による社会的分業の一層の進行である。自給自足に近い農村社会においては、バラモン階級であっても労働と無縁ではなかった。しかし社会が豊かになり分業化が進むと、バラモン階級は労働から解放され、祭式の実施とヴェーダの教授が主な仕事となって、思索に没頭する余裕が生じるようになった。このような変化が生じたのはおよそ紀元前八〇〇年頃であり、この時代にヴェーダに付随する文献としてブラーフマナ（Brāhmaṇa）が成立した。ブラーフマナ文献においては、祭式の力が一層重視され、バラモンは祭式の力によって神々をも支配するものとされる、いわば祭式万能主義の風潮が生まれた。そのような状況でヴェーダの神々の威信は低下し、かわってヴィシュヌ（Viṣṇu）とルドラ（Rudra、シヴァの前身）の地位が高まり、のちの二大神の基礎が作られ、さらには宇宙の根本原理としてのブラフマンの観念が明確化した。[09] そうしてヴェーダから生まれたブラーフマナを経由して、紀元前六〇〇年頃を中心としてウパニシャッド（Upaniṣad）と呼ばれる多くの文献群が作られたのである。ヤスパースが「枢軸の時代（Achsenzeit）」と呼び、インドのみならずギリシアや中国、メソポタミアにも哲学的思索や自覚的信仰が生まれた時代でもある。

このように、祭式の力が強くなると、祭式と宇宙がどのような関連にあるのかという関心が哲学的思索へと向かうようになる。その哲学的思索が結実したものがウパニシャッドであると言える。ウパニシャッドにおいて次第に祭式は一旦思索の背後に退き、哲学的思想として独立したものになっていく。その思想は、宇宙の根源たる絶対者の追究や、輪廻や解脱をめぐる様々な議論をはらみ、複雑に展開した。

ウパニシャッドは伝統的には一〇八を数えるが、その中でも特に古く、思想的にも重要な十四のウパニシャッドを「古ウパニシャッド」と呼んで区別する。「ウパニシャッド」という語は、一般に「傍らに座る（upa-ni-√ṣad）」という意味で理解されてきた。すなわち、師が弟子を隣に座らせて密かに教えを説くという「秘儀」を意味したわけだが、近年ではむしろ「念想（upāsanā）」の同義語として理解される傾向にある。〈10〉

（2）ブラフマンとアートマン

『リグ・ヴェーダ』において「かの唯一なるもの」と言及された抽象的な根本原理は、ブラーフマナ文献において「ブラフマン」と呼ばれるようになったことは既に述べた。ウパニシャッドにおいてはブラフマンに対する思索はさらに進む。例えば『チャーンドーギヤ・ウパニシャッド』において、哲人シャーンディリヤ（Śāṇḍiliya）は「じつにこの一切はブラフマンである」と述べている。そして「これこそ心臓の内に存するわがアートマンである」と結論づけている。〈11〉「アートマン（ātman）」は「自己」を意味する語だが、ひいては自己存在あるいは個別的存在を成り立たせる原理と理解されるようになった。すなわちシャーンディリヤは、宇宙の根本原理、すなわち全体性の原理としてのブラフマンと、個別的存在原理であるアートマンが同一だと考えたのである。ただしシャーンディリヤの段階では、ブラフマンとアートマンの同一性は述べられているものの、さらなる哲学的探求はウッダーラカ・アールニの登場を待つことになる。

ウッダーラカ・アールニはおそらくウパニシャッドにおいて最も有名かつ重要な哲学者であるが、彼の思想は一言で言えば「有の哲学」である。彼は『チャーンドーギヤ・ウパニシャッド』で展開される息子シュヴェータケートゥとの対話において以下のように述べている。

「愛児（シュヴェータケートゥ）よ、太初において、これ（宇宙）は有（sat）のみであった。唯一の存在で第二のものは存在しなかった。[12]」

ここでウッダーラカ・アールニは宇宙の根本原理を「有」であるとしている。この「有」は「ナーサディーヤ讃歌」における「かの唯一なるもの」が念頭に置かれ、かつブラフマンと同義であると考えられる。そしてこの思想は後のインド思想の主流としてのブラフマン一元論につながるものでもある。さらにウッダーラカ・アールニはこう述べる。

「その有は、『自分は多くなろう、繁殖しよう』と思った。有は熱を創出した。その熱は『自分は多くなろう、繁殖しよう』と思った。熱は水を創出した。それゆえにいかなるところにおいて人が悲しみ（涙する）、あるいは（暑さで）発汗する場合には、そのときまさしく熱から水が生ずるのである。[13]」

ここでは「有」すなわちブラフマンは「多くなろう、繁殖しよう」という意思を持っている。つまりブラフマンは純然たる抽象的原理のみならず、人格的主体でもある。言い換えれば、ブラフマンは世界原因であると同時に創造主的な側面も持つのである。

そしてブラフマンはこう「思う」。

「あの神格（＝有）は、『さて、自分はこの生命であるアートマンとして、これら〔熱と水と食物という〕三神格に入り、名称と形態（現象界）を展開しよう』と思った。[14]」

「有」すなわちブラフマンは、アートマン「として」熱と水と食物に入っていき、名称と形態（nāmarūpa）を展開する。これによって、世界の物質的展開が生じていくのだが、ここで注意すべきは、ブラフマンがアートマンになってでも、アートマンに分かれてでもなく、あくまでアートマン「として」であるという点である。つまりブラフマンはどこまでいってもブラフマンそのものなのであり、分かたれたり変質したりすることはない。アートマンはブラフマンそのものなのである。

さらにウッダーラカ・アールニは言う。

「……愛児よ、この世の人間が死ぬときには、ことばは思考器官に帰入する。思考器官は気息に、気息は熱に、熱は最高の神格〔有〕に帰入する。この微細なもの（＝有）は、この世の一切

〔宇宙〕がそれを本質としているものである。それは真実である。それはアートマンである。お前はそれである、シュヴェータケートゥよ。[15]」

人は死ぬとブラフマンに帰入するが、そのブラフマンはアートマンである。そして「お前はそれである（tat tvam asi）」と述べることによって、あらゆる個別的存在がアートマンでありブラフマンであることを端的に示している。アートマンとブラフマンは純粋に同一であり、つまり全体と個別は一つである。この文章は、アートマンが本質的に絶対者ブラフマンと同一であることを端的に示すものとして、そしてウパニシャッドの中心となる思想を的確に表現するものとしてこの後尊重されることになる。[16]この文章は、「私はブラフマンである（ahaṃ brahmāsmi）」[17]という文章とともに、「偉大な文章（mahāvākya）」として特に後世のヴェーダーンタ学派で重視された。

このような一元論的思想について、『ブリハッド・アーラニヤカ・ウパニシャッド』ではさらにヤージュニャヴァルキヤ（Yājñavalkya）が以下のように述べている。

「なぜなら、いわば二元性といったものがあるならば、その場合には甲は乙を見、その場合には甲は乙を嗅ぎ、その場合には甲は乙を味わい、甲は乙に語り、甲は乙を聞き、甲は乙を思考し、甲は乙に触れ、甲は乙を認識する。しかしある人にとって一切がアートマンとなったときには、彼は何によって何を見るであろうか。彼は何によって何を嗅ぐというのであろうか。彼は何によって何を味わい、彼は何によって何に語り、彼は何によって何を聞き、彼は何によって何を思考し、彼は何によって何に触れ、彼は何によって何を認識するであろうか。それによって、この一切を認識するところのもの、それを何によって認識することができようか。このアートマンは、ただ『そうではない、そうではない』と説かれる。アートマンは不可捉である。何となればアートマンは捕捉されないからである。アートマンは不壊である。なぜならアートマンは破壊されないからである。アートマンは無執着である。何となればアートマンは執着しないからである。アートマンは束縛されることなく、動揺せず、毀損されることもない。ああ、認識の主体を何によって認識することができようか。[18]」

ここでは、アートマンは唯一でありは人はアートマンであるから認識が成立しないことが説かれている。これは「ナーサディーヤ讃歌」における認識論をさらに展開したもので、全てがアートマンであるなら認識の客体が存在しないためあらゆる認識は成立しないとするものである。したがって、アートマンを「アートマンはこのようなものである」と明確に言語で指示することはできない。言語化することは概念として分節することであって、そのためにはアートマンを対象として客体化しなければならないが、アートマンは主体そのものであって客体化できないのである。アートマンはしたがって「不可捉である。なぜなら捕捉できないから」というような否定的トートロジーでしか言及できない。「そうではない、そうではない（neti neti）」というのは、どれほど言語表現を突き詰めても、感覚器官を研ぎ澄ましても、アートマンを認識することはできないことを意味する。

このようなことを前提とすると、本書で和訳している『マハーバーラタ』第8巻の中で、「感覚器官の対象がアートマンを確信したものに敗れるように」（『マハーバーラタ』8.60.21）というような比喩が唐突に出てきたとしても、その意味するところのニュアンスを読み取ることができるのではないだろうか。

こうして、人間の認識を超えた、概念とすら呼べない（なぜなら上述のように概念とは言語による分節を意味するから）「観念」を全存在の根本とするならば、一つの難題が生じる。すなわち、全てが一つのブラフマン＝アートマンであることが真実であるとしても、実際に人間が知覚し経験するのは雑多で多様な多元的現象である。「全体と個別が同一である」という思想はそうした人間の経験的理解と矛盾する。であるならば、どうして人間存在がアートマンそのものであるということが言えるのだろうか。

この問題について、古ウパニシャッドの段階で明確な回答はなく、以降のインド思想を貫く大きな課題となっていくのだが、ウパニシャッドの中にそのヒントとなるような思想もまた現れている。それは業と輪廻と解脱の思想である。それではなぜ業や輪廻、解脱という考え方がブラフマン＝アートマンと現象世界の関わりと結びつくのだろうか。

(3) 業と輪廻と解脱

「輪廻(saṃsāra)」という思想は、インドにしかないとは言えないが、かくも広くかつ強く信じられているのはインド文化圏に特有の思想的現象であろう。おそらく先住民の宗教的伝統に示唆を受けて成立した思想だと考えられているが、そもそもは「人は死ぬとよりよいものに生まれ変わる」という発想であったと言える。例えば『ブリハッド・アーラニヤカ・ウパシシャッド』では以下のように述べられている。

「あたかも草の葉につく蛭が葉の先端に達し、さらに一歩を進めてその身を収縮するように、このアートマンはこの肉身を捨て、無意識状態を離れて、〔別の身体へと〕さらに一歩をすすめてその身を収縮する。あたかも刺繍をする女が刺繍の一部分をほどいて、別のもっと新しく、さらに美しい模様を作り出すように、このアートマンも、この肉身を捨て、無意識状態を離れて、別のもっと美しい形――あるいは祖霊の、あるいはガンダルヴァの、あるいは神の、あるいは造物主の、あるいはブラフマンの、あるいは他の生物の〔形〕――をとる。[19]」

ここでは、人が死ぬとアートマンが更に新しく美しい身体に生まれ変わることが示されている。これは、人間に死後の自己がどのようになるのかを示すごく初期の輪廻思想であると言えるが、人間があらかじめ救われていることを表す思想でもある。すなわち、死は誰でも恐ろしく、まして古代のインドでは死は極めて身近なもので、すぐそこにある「終わり」である。そこに「死んでも次があり、その次の人生は今よりよいものになる」というのであるから、死の恐怖を緩和する考え方としてはかなり訴求力があった。しかもここでは特に宗教的努力や神の意思などは反映されておらず、誰でも死後より良い自分になれるのである。たとえばキリスト教などで「神を信じるものは死後天国に行く」と述べられているのは、「神を信じる」という意志的行動の結果であるが、この輪廻思想ではそのようなものはない。宗教の存在意義が魂の救済であるならば、ウパニシャッドの信仰、すなわちバラモン教の思想では、人間は最初から救われた幸福な存在として定義されているのである。

しかし、実際の世界を顧みるならば、皆が「前世よりもよい」ものに生まれているとして、なぜ幸福なものとそうでないもの、身分の上下などが生じるのかという疑問が発生する。身分が低くかつ不幸な状態が「前世よりもよい」のならば、前世はどれほど悲惨なものだったのかという話になる。そこで、生まれ変わりにも良い生まれ変わりと悪い生まれ変わりがあるという考え方が自然な成り行きとして生まれた。それと同時に、輪廻のあり方がより理論的に整備されてきた。それが「五火説《ごかせつ》」「二道説《にどうせつ》」である。

五火説と二道説とは、元は王族に限られた教えだったものがウッダーラカ・アールニに伝えられたとされている。[20] まず五火説は、人の死後の魂の行方を祭式における火になぞらえたもので、まず火葬された人間の魂が月に至り、月から雨となって地上に降り、食べ物の養分となって人に食され、精子となり、受胎するとするものである。こうして人間の霊魂は輪廻するのである。

さらに、死後の人間が進む道は二通りあるとする「二道説」が説かれた。二つの道とは、最終的にブラフマンに至る「神道」と、この世、つまり祖霊の世界に生まれ変わる「祖道」とである。そして祖道に進んでも良いものに生まれ変わるとは限らず、様々な境遇に生まれることになる。

この二つは元は別々に説かれたものであるが、後に「五火二道説」としてまとめて理解されるようになった。そして、人が様々な生まれ変わりをする原動力、ひいては輪廻そのものを引き起こす力として、生前の行為、すなわち業（karman）が考えられるようになった。『ブリハッド・アーラニヤカ・ウパシシャッド』において、ヤージュニャヴァルキヤは「公に語るべきことではない」と前置きした上で「〔人は〕よい業によって善いものとなり、悪い〔業〕によって悪いものとなる」と述べている。[21] 単純に、善い行いをしたものは良いものに生まれ変わり、悪い行いをしたものは悪いものに生まれ変わるという考え方である。

この業の思想は後に整備され、たとえば行為そのものはその場でなくなってしまうものだがそれがなぜ人の輪廻を左右するのかという問題については、行為の「潜勢力（samskāra）」という観念が想定されて、行為はなくなってもその影響力があとまで響くのだとされた。さらに、業は機械的かつ例外なく働くものであって、たとえ神であっても悪い行いをすれば神の座から堕ちるとすらされた。そして、この業の概念はある種必然的に宿命論的な傾向をはらむようになる。つまり、現在の身分や幸不幸は前世の行いによって既に決まっているものであって、現世の行いでは変えようがないというものである。これは特に身分制度の固定と権威付けに繋がり、身分の低いものは前世で相当に悪い事をした報いであってそれが当然だと考えられるようになり（二道説においてすでにその萌芽はみられる）、個人ではどうしようもない前世の行いによって現世のあり方が決まることになる。

こうして、人間はあらかじめ救われた幸福な存在ではなく、業と輪廻に束縛された不幸な存在として再定義されることとなった。その不幸から逃れるためにはどうしたらいいのか、不幸から逃れるとはどういうことなのかが次に問題となる。そして、それまでの無自覚な自然宗教から、自覚的信仰、すなわち神への明確な信仰や宗教的努力の必要性が見出された。そこで示されたのが、輪廻が不幸であるならば、そもそも輪廻しなければいいという考え方である。すなわち輪廻からの解放、解脱（mokṣa）である。ヤージュニャヴァルキヤは以下のように述べる。

「欲望をもたず、欲望を離れ、すでに欲望を達成し、アートマンのみを欲している人、その人の生気は出ていかない。その人はブラフマンそのものであるがゆえに、ブラフマンに帰入するのである。」〈22〉

ここで、『チャーンドーギヤ・ウパニシャッド』におけるウッダーラカ・アールニの言葉が思い起こされる。ウッダーラカ・アールニは「人は死ぬとブラフマンに帰入する」としていた。人はそもそもブラフマン＝アートマンなのであって、人という形を失えばブラフマンに帰入することになるが、そこに業と輪廻の思想が加わったのがヤージュニャヴァルキヤの言葉である。欲望がなければ行為もなく、行為の結果もないので輪廻の原動力が失われることになる。それが解脱であり、解脱とはすなわちブラフマンへの帰入だというのである。

このような思想的道筋を経て、存在の本来あるべき姿は単一のブラフマン＝アートマンであって、多様な現象世界は何らかの誤りもしくは不幸であると考えられるようになる。ヤージュニャヴァルキヤが「欲望を離れた人間はブラフマンに帰入する」と述べているが、逆に欲望にとらわれた人間はブラフマンに帰入することなく輪廻する。現象の多様性は、まさにそうした人間の欲望などの悪い業が生んだ誤りであって、それを離れれば解脱する。

ここでようやく、先に問題とした、人間が経験する多様な現象と、宇宙が真実としては単一のブラフマン＝アートマンであることの矛盾という議論に立ち返ることができる。つまり、ほとんどの人間が知覚し経験する雑多で多様な現象世界は、何らかの誤りや不幸であって本来のあり方ではない。本来はあくまでブラフマン＝アートマンである。そして、その誤りや不幸を解決し解脱することによってブラフマンに帰入し本来のあり方になることができるのである。

もちろん、どうすれば誤りや不幸を解決できるのか、という点についてはその後のインド思想における最大の問題となるのだが、少なくともそこには苦行（tapas）や神の恩寵を得るための何らかの宗教的努力が必要となる。そして、もはやヴェーダの祭式のみでは人間が解脱できることはなく（祭式の知識および実施は重要ではあるが）、より主体的な信仰が生まれる土壌ができた。それは明確な人格神信仰であったり、階級的義務などの生き方そのものであったりもする。そうして、ヴェーダとウパニシャッドの純粋な信仰としてのバラモン教に、様々な要素が付け加えられて「ヒンドゥー教」と現在我々が呼んでいる信仰のあり方に推移していくのである。

3 バラモン教からヒンドゥー教へ

(1) 「ヒンドゥー教」の成立

「バラモン教」「ヒンドゥー教」といった言い方は、あくまでインド文化圏外部からインドの信仰のあり方を呼ぶ名称であって、インド人が自分たちの信仰をそう呼んでいたわけではない。したがって、「バラモン教」が「ヒンドゥー教」にあるとき大きく転換したのではなく、古いヴェーダの宗教に様々な要素が加わりつつ徐々に変質し、その変質したあり方を「ヒンドゥー教」と呼称するに過ぎない。ヒンドゥー教はただ宗教というよりも、インドで培われた生活様式や社会習慣までをも包摂する、インド人のメンタリティそのものである。

前項で見たとおり、ブラーフマナ文献においてすでにヴィシュヌやシヴァへの崇拝は始まっていて、古ウパニシャッド期を経て、ヴェーダの神々への信仰が明確な個性を持った人格神信仰へと推移していった。その変質の背景には、既に述べた祭式万能主義に加えて、先住民との混血がバラモン階級においてすら進み、先住民の信仰がヴェーダの信仰に取り込まれて体系化していったことが挙げられる。それはよりローカルな自然信仰や精霊信仰といったものであって、難解かつ神々の個性の希薄なヴェーダの信仰よりも、民衆にとってわかりやすかったと思われる。そうした民衆的・土着的な信仰がバラモン階級までボトムアップしていった結果、それらが古くからの信仰の体系に取り入れられ結びつき、業・輪廻・解脱の思想を根本においた多様な信仰のあり方が形成されていった。

時代的には、ヒンドゥー教への推移が強まったのはマウリヤ朝後期からマウリヤ朝滅亡後の政治的混乱期であった。マウリヤ朝時代には、(本書では触れていないが)仏教が特に都市部で強い勢力を持ち、国家的バックアップもあって隆盛を極めていた。それと相反して、ヴェーダの宗教は特に農村的価値観として持続していたが、そのために先に述べたような土着的信仰とヴェーダの信仰の混淆が進んだのである。そしてマウリヤ朝が滅亡すると、仏教の内部には新しい仏教を目指す大乗仏教運動が顕著になり、一方でバラモン教は都市のバラモンの知識と農村で脈々と保持されてきた業・輪廻・解脱の観念が一体となって一気にヒンドゥー教的潮流が強まったのである。

(2) 人格神信仰

先に述べたように、ブラーフマナ時代からシヴァ(Śiva)とヴィシュヌ(Viṣṇu)への崇拝は形成されていたが、シヴァがヴェーダの暴風神ルドラに新たな土着的性格を加えられて成立し、ヴィシュヌがヴェーダの数ある太陽神の中で飛び抜けた崇拝を集めるようになったのはおそらく紀元前後である。シヴァとヴィシュヌにはそれぞれ一神教的性格が付与され、特にシヴァを崇拝するものをシヴァ教、ヴィシュヌを崇拝するものをヴィシュヌ教という言い方をすることもある。

そのうちシヴァは、激しい舞踊に象徴されるように荒々しい性格を持ち、宇宙の破壊を司る。シヴァはしばしば「破壊神」という言い方をされることがあるが、単に破壊するのではなく、世界の終わりに古くなった世界を壊して新しい世界が創造されるのを補助しているのである。そういう意味で実体視される時間（kāla）と同一視されることもある。これまでも述べたようにヴェーダの暴風神ルドラをルーツとすると考えられているが、インダス文明の遺物の中に、シヴァの三叉の鉾とよく似たものが見つかっており、アーリア人の侵入以前から存在した神格の発展型なのではないかという説もある。

シヴァは荒々しい性格の反面、信者に対しては極めて寛大かつ温情的であって（「シヴァ」という名自体、「吉祥」を意味する）、男性的なエネルギーの象徴でもある。その身に宿る圧倒的な力を破壊のみならず人々を守るためにも使うのである。『マハーバーラタ』ではアルジュナに武器を与える役割を持っている。

一方ヴィシュヌはアーリア的な洗練された神格であって、シヴァに比して温和な性格を持ち、人間思いである。シヴァが破壊を司るのに対しヴィシュヌは宇宙の維持を司る神であり、シヴァの衝動的・爆発的な力に対して持続的な力を有する。

特にヴィシュヌを特徴づけるのが、様々な姿を取ってこの世界に現れて人々を救うとされる化身

（avatāra、権化）思想である。ヴィシュヌの化身はプラーナ文献などにおいて十を数えるが、その中で最も有名なものは、『マハーバーラタ』でも活躍するクリシュナであろう。クリシュナは主に怪力の牧童として描かれ、美しい容姿を持つ笛の名手である。実在の英雄がモデルだと考えられるが、その実態は明らかではない。そしてクリシュナは後代になると独立した神格として信仰の対象となるほどに人々に愛された。

こうした神々、特にヴィシュヌ（クリシュナ）に対して起こってきたのが「信愛（bhakti）」と呼ばれる信仰運動である。「信愛」とは、あらゆる宗教的行為を越えて、ひたすらに人格神にすがる態度を意味する。それによって信者は神と合一して解脱を得ると考えられた。神は無限の恩寵を有するので、誰であっても神にすがることができる。その際、祭式や苦行といったバラモンたちにのみ許された方法も、バラモンがほぼ専有していたヴェーダの知識も必要ないどころか無駄である。身分の低い庶民であっても、我が身を投げ出して神に祈ることはできる。いわばそれまで解脱の可能性から疎外されていた民衆が得た新しい易行としての解脱の道であって、幅広く支持された。日本においては浄土真宗の「悪人正機説」が想起されるが、浄土思想もまたインドに由来するものであって、こうしたヒンドゥー教の信愛思想の影響を受けている可能性もある。

この信愛思想は『バガヴァッド・ギーター』においてクリシュナ＝ヴィシュヌに対してすべてを委ねて義務に邁進することが解脱の道だと説かれるものなどが典型であるが、後代にはヴェーダーンタ的一元論と融合し、ヴィシュヌ＝クリシュナこそがブラフマンであり、神に身を委ねることで必然的にブラフマンに至れると説かれるようになった。

(3)『マハーバーラタ』と『ラーマーヤナ』

本書は『マハーバーラタ』を主題とするものであって、その成立の背景や構造については第1章で詳述した。今一度繰り返すならば、その最古の部分はマウリヤ朝後期に、最も新しいところでグプタ朝初期の成立と考えられるから、中心となるのはやはり紀元前後の時代である。したがって、『マハーバーラタ』の内容はヒンドゥー教の展開と軌を一にしており、バラモンの復権による階級的義務の確認、およびクリシュナが主たる役目を果たしていることからヴィシュヌ教的な要素が多く含まれる。あるいは、『バガヴァッド・ギーター』部分や第12巻の教説に関してはサーンキヤ(sāṃkhya)的(サーンキヤについては後述する)二元論世界観の萌芽も見られるなど、紀元前後を中心とした数百年間に現れた様々な宗教思想や社会通念をも包摂しているのである。特に『バガヴァッド・ギーター』に現れる哲学思想については、上村(一九九二)の訳注及び解説を参照されたい。

一方、『マハーバーラタ』と並び称される大叙事詩である『ラーマーヤナ(Rāmāyaṇa)』もこの時期を中心として成立した。『ラーマーヤナ』は量的には『マハーバーラタ』の四分の一ほどであり、また『マハーバーラタ』に見られるような明確な哲学思想もない。最終巻においてヴィシュヌ教的色彩を濃くし、主人公ラーマ王子はヴィシュヌの化身とされるが、こうした要素は後代のものであろう。

『ラーマーヤナ』は詩聖ヴァールミーキ(Valmiki)の作とされ、『マハーバーラタ』に比してその文体は洗練されており、美文調文学の嚆矢とされる〈23〉。ラーマ伝説はインド文化圏各地で語られており、おそらくそれが詩的にまとめられて成立したものである。

『ラーマーヤナ』の主人公ラーマはコーサラ国王の長子であり、文武に秀で、美姫シーターを妻とするが国外に追放され、そのときにシーターをその美しさに眼がくらんだ羅刹《らせつ》ラーヴァナにさらわれる。ラーマは彼に心酔する猿神ハヌマットらの助けを借り(ハヌマットは風の神ヴァーユの子であり、『マハーバーラタ』に登場するビーマの兄にあたる)ラーヴァナを討ってシーターを奪回し、帰還して王位についた、というのが主な筋書きであり、その要約が『マハーバーラタ』においても語られるが、ラーマには悲劇的な展開が待ち受けていた。すなわち、シーターが妊娠し、長い間ラーヴァナにとらわれていたためにその貞潔を周囲に疑われ、ラーマは心ならずもシーターを追放してしまうのである。そしてシーターはヴァールミーキのもとで暮らし子を生む(ここでも「作者」とされる詩聖が物語に登場している)。後にラーマはシーターを訪れ貞潔の証明を求めたが、シーターは大地の神に「私が貞潔であるならば受け入れて欲しい」と願い、果たしてシーターは大地の中に去ってしまう。ラーマは嘆き悲しんだがその後妃を迎えることはなかった。

ラーマはその過酷な運命を生き抜いた高潔な人間として描かれ、先に述べたように後世にはヴィシュヌの化身とされた。

（4）『マヌ法典』とヒンドゥー的生活

やはり紀元前後に成立した重要な文献としては『マヌ法典（Manusmṛti, Mānavadharmaśāstra）』がある。『マヌ法典』は「法（dharma）」を様々に説く書であるが、この法という概念は非常に幅広い。語源的には√dhṛ、「保つ」という意味の動詞から派生した語であって、大まかに言えば「何らかのシステムを維持する働き」を意味する。したがって「法」には、いわゆる法律をはじめ、慣例や習慣、義務や社会制度などが含まれ、さらにはその目指すところの善や徳、正義を意味することもある。祭式規定や祭事行為、宗教そのものをも指す。〈24〉仏教でいう世界のあり方の法則性もまた「法」である。

そして法典の内容には、階級法、生活期法、王法、司法、贖罪法、道徳・宗教・哲学がある。さらにはジェンダー的な役割、言い換えれば女性の義務も含まれる。たとえば階級法では、バラモンの法はヴェーダの学習と教授、祭祀、布施と受施があり、クシャトリヤは人民の保護、施与、供犠、ヴェーダの学習、ヴァイシュヤには牧畜、施与、供犠、ヴェーダの学習、商業、金銭の貸与、土地の耕作が規定される。そしてシュードラには上位三階級（この上位三階級のみが輪廻、解脱を得るとされたので「再生族（dvija）」という）への奉仕が定められている。

そして生活期（āśrama）とは、再生族男性の人生を四つの時期に分けてそれぞれの時期を過ごすべきであるとするものである。まず入門式を経て師のもとでヴェーダを学習する「学生期」、家に帰って結婚し家庭生活を営む「家住期」、世俗を離れて森林に住む「林棲期」、世俗への執着を離れ一人で遊行する「遊行期」である。

さらに、階級のみならず性役割にも言及がある。『マヌ法典』では、女性は独立すべきではなく、父、夫、息子に従うべきで、夫を常に神のように崇拝しなければならないと説いている。

こうした階級や性別による「差別」は、紀元前後のインド社会においては当然のものとされた社会規範であって、歴史的資料としてかつてのインドを知ることができるにとどまらない。じつに、近代に至るまで『マヌ法典』的価値観は人々のあり方を規定し続け、そこにさらなる階級的・性的慣習が付加されて、女性や身分の低い人々を疎外するシステムとしてヒンドゥー社会を決定づけた。インドにおける仏教やイスラーム、さらに近代以降のキリスト教の役割は、主にそうした宗教的差別から逃れる人たちのアジールであったと言える。

さらにはヴェーダ以来の伝統を持ち『マヌ法典』で定義される階級（varṇa）に加えて職能的な排他的集団としてのジャーティ（jāti、「種類」を意味する）が成立し、階級と複雑に絡み合っていわゆるカーストを形成している。十九世紀から二十世紀にかけての社会改革運動ではしばしば『マヌ法典』がインドの旧弊なる因習を象徴するものとして攻撃され、さらに近年ようやくマイノリティや女性の社会進出が著しくなっているが、カーストや性別による差別が完全に解消されているわけではない。ヒンドゥー社会におけるローカルな価値観と、グローバルな価値観としての人権思想の間で揺籃しているのがインドの現状と言えるかもしれない。

（5）ヒンドゥー教思想の体系化

紀元前後からグプタ朝期にかけて、ヒンドゥー教の思想もまた徐々に体系化されていった。そして、業と輪廻を基本に解脱を目指すという方向性は共有しながら、世界観や認識論的アプローチなどの違いによって六つのグループ（学派、darśana）に分かれていった。『マハーバーラタ』の成立時期を考えると、そうした学派ごとの違いが明確になってきたのはもう少し後になるが、『マハーバーラタ』にはヨーガの思想、及びその基本となるサーンキヤ的哲学が垣間見える。六学派のうちサーンキヤ学派は最もその成立が古く、ヨーガ学派は形而上学的世界像をサーンキヤと共有している。ただし、サーンキヤ学派の根本テクスト『サーンキヤ・カーリカー（Sāṃkhya-kārikā）』の成立は四～五世紀と考えられているので、『マハーバーラタ』の成立よりはおそらく遅い。したがって、『サーンキヤ・カーリカー』以前から存在したサーンキヤ的伝統が『マハーバーラタ』に影響しているると考えるのが妥当であろう。

サーンキヤ学派では、宇宙の根本的原理として、物質的原理（prakṛti）と精神的原理（puruṣa）を想定する。この意味で、サーンキヤ学派は二元論の立場に立つ。プルシャがプラクリティを「見る」ことによってプラクリティの物質世界への展開が始まるのである。この点について、『サーンキヤ・カーリカー』では以下のように述べる。

「根本原因（プラクリティ）から、理性（buddhi）が〔生じる〕。それ（理性）から、自我意識（ahaṃkāra）

が〔生じる〕。それ（自我意識）から16のグループが〔生じる〕。その16のうちの五つ〔の微細要素（tanmātra）〕から、五つの粗大要素（bhūta）が〔生じる〕。……その自我意識から〔生じる16のグループは、〕二種類のグループに分かれて生じてくる。すなわち、11のグループと、五つの微細要素のグループとである。……その五つ〔の微細要素〕から、五つの粗大要素が〔生じる〕。[25]」

このときプルシャはなにもせずただ「見ている」だけであるが、見られるものとしてのプラクリティと見るものとしてのプルシャが一組となって初めて世界の展開が生じる。そして、根本原因プラクリティを始めとするすべての物質的実在は、三つの属性（guṇa）、すなわち純質（sattva）、激質（rajas）、暗質（tamas）によって成り立っている。この三つは平衡状態にあってプラクリティをなしているが、プルシャが「見る」ことによってその平衡が崩れて世界の展開が始まるのである。『バガヴァッド・ギーター』には以下のような記述がある。

「純質、激質、暗質という、プラクリティ（根本原質）から生ずる諸要素は、不変の主体（個我）を身体において束縛する。[26]」

ここでいう「不変の主体」とはアートマンのことであって、三要素が物質としてアートマンを身体に束縛しているという考え方である。三要素の平衡が崩れると理性が生じ、理性から自我意識が生じて、その自我意識を人はアートマンであると誤認して自己中心的な考えを持つ。それが輪廻の原因である。この三要素説は言うまでもなくサーンキヤのそれであって、『ギーター』にこのような記述があることから、『マハーバーラタ』が成立した背景に既にサーンキヤ的理論がある程度確立していたことが伺える。

このように、『マハーバーラタ』にはサーンキヤ説、およびそれと基礎を同一とするヨーガの学説が含まれている。ヨーガについてはその言及するところが膨大であるから、先述のように上村氏による『ギーター』和訳の解説を参照していただきたいが、たとえばサーンキヤ説との関連として、以下のような記述がある。

「アルジュナよ、この世には二種の立場があると、前に私は述べた。すなわち、知識のヨーガによるサーンキヤ（理論家）の立場と、行為のヨーガによるヨーギン（実践者）の立場とである。人は行為を企てずして、行為の超越に達することはない。また単なる〔行為の〕放擲のみによって、成就に達することはない。実に、一瞬の間でも行為をしないでいる人は誰もいない。というのは、すべての人は、プラクリティ（根本原質）から生ずる要素により、否応なく行為をさせられるから。[27]」

ここではヨーガとサーンキヤが並んで挙げられ、「行為のヨーガ」と「知識のヨーガ」と呼ばれている。行為のヨーガは執着することなく行為に専心することで解脱に達するもので、知識のヨーガは思弁によって最高存在を考察するものである。どちらも解脱の手段として必要であり、クリシュナの立場はインドにおいて一般的な知行併合説である。さらに、先に述べたように、プラクリティから様々な要素が生じて、それが人間の行為を生む。その行為は自己中心的なものであって輪廻の原因であるが、ただ行為をしないだけでは解脱に至れない。そしてクリシュナはこう言う。

「それ故、執着することなく、常に、なすべき行為を遂行せよ。実に、執着なしに行為を行えば、人は最高の存在に達する。〈28〉」

「最高の存在」はブラフマン＝アートマンであり、それに達することは解脱を意味する。「執着なく行為をする」とはヨーガを意味するが、同時にあらゆる行為を自我意識によるものではなく神に委ねること、すなわち信愛をも意味すると理解できる。ヨーガと信愛とは究極的には同じことになるのである。

このようにヨーガはサーンキヤ説と絡み合いながら『ギーター』の哲学説を構築している。サーンキヤ説で言う世界の展開のプロセス、つまりプラクリティから様々な粗大な要素へという事物のあり方を逆にたどっていけば、それはヨーガの実践になる。すなわち目の前にある粗大な要素（具体的物質）からそれを構成する微細な要素へ、そして自我意識から理性へと意識を集中し、ついには理性を超越した透明な心的状態が現れる。この心の状態が消滅したときに、プルシャの本来のあり方である「独存（解脱）」に至る。〈29〉心の実践としてのヨーガとサーンキヤ的な世界理解は不可分なのである。

このようにサーンキヤ説とそれに係るヨーガの考え方について述べてきたが、残る四学派、すなわち論理学を中心とするニヤーヤ、自然の分析とカテゴリ論を主とするヴァイシェーシカ、ヴェーダの祭式についての考察を行うミーマーンサー、そしてウパニシャッド哲学の考察に専心するヴェーダーンタの各学派は、『マハーバーラタ』の時点では明確な姿を見せていないのでここでは割愛する。ただし、ヴェーダーンタ学派は『ギーター』を、ウパニシャッド、根本テクストとしての『ブラフマ・スートラ』に並ぶ重要な典拠としていて、ヴェーダーンタ学派を代表する大哲学者であるシャンカラやラーマーヌジャはそれぞれ『ギーター』の注釈を著し、その注釈がヴェーダーンタにおいて重要視されていることは記しておくこととする。

結語

以上のように、ヒンドゥー教とは「宗教」ではあるが極めて幅広く様々な要素から成り立っていて、インド人の世界観・人間観の総体と言うべきものである。そうしたものを文学的に表現しようと腐心されたものが『マハーバーラタ』であった。特にヒンドゥー教の中心的な概念である業・輪廻・解脱に関しては、挿話や哲学的説話などの形で繰り返し述べられており、『マハーバーラタ』の重要なテーマである。

本書で扱うのは雄渾《ゆうこん》な戦争の場面であり、そこに哲学的な視座を見て取れることはあまりないかもしれない。しかし、そもそもその戦争が何故始まったのか、パーンダヴァとカウラヴァの間の因縁とは何だったのかを考えると、やはりインド的価値観への理解を避けては通れない。そしてそのインド的価値観はヒンドゥー教そのものにほかならない。『ギーター』が語られるのもこの十八日間の大戦争のうちであり、戦うことが王族・武人としてのクシャトリヤの義務であるという法観念からして、それはヒンドゥーという価値の総体に基づくものである。また、物語の始まりと終わりが、蛇供祭と馬祀祭という祭式によっているところには、願望装置としての祭式の残滓が『マハーバーラタ』の時代にはまだ色濃く残っていたことが伺える。

このように『マハーバーラタ』から「ヒンドゥー教」を逆照射してみると、インドにおける信仰や思想が時系列的に変化しているだけではなく、重層的に様々な要素の集合体としてあることが見えてくる。ヴェーダの祭式も、時間とともに最初の形とは異なってきたかもしれないが、それでも日常的に行われていた。ヴェーダの神々もまた、ヴィシュヌやシヴァほど圧倒的な崇拝の対象となることはなくなったが、『マハーバーラタ』の主人公格の登場人物の父として存在感を示している。サーンキヤやヨーガといった新しい哲学の要素とともに、ヴェーダやウパニシャッドの信仰・思想は深く息づいている。そうした要素はなにか新しいものに取って代わられたのではなく、それらを基礎としてその上に様々なものが成り立っているのであり、その重層性こそがヒンドゥー教のあり方である。

伝統的に、インドではなにか新しいものがそれまで存在してきたものを凌駕するというより、むしろ古きものに忠実であることが美徳とされてきた。したがってヴェーダやウパニシャッドなどは尊重されてきたのであるが、かといって新しいものに独創性や新奇性がなかったわけでもない。新しいものは古いものの上に、それを損なうことなく積み重なっていく。そのような思想的、あるいは美学的伝統を、『マハーバーラタ』には見ることができ、ひいてはインドにおける文化の展開そのものを特徴づけるあり方として理解できるのである。

注

〈01〉上村（二〇二二）、六七—六九ページ。

〈02〉Śrutiという語は、√śru「聞く」という動詞の過去分詞śrutaの名詞形であり、やはり「聞いたもの」を意味する。ヴェーダはśrutiというより広い概念に含まれる。

〈03〉『リグ・ヴェーダ』10.96.5. 前田（二〇一六）、五五ページ。

〈04〉『リグ・ヴェーダ』10.96.6. 前田（二〇一六）、五六ページ。

〈05〉『リグ・ヴェーダ』10.96.9. 前田（二〇一六）、五七ページ。

〈06〉『リグ・ヴェーダ』10.96.12. 前田（二〇一六）、五八ページ。

〈07〉『リグ・ヴェーダ』10.96.13. 前田（二〇一六）、五八ページ。

〈08〉『リグ・ヴェーダ』10.129.1-7. 前田（二〇一六）、六九―七四ページ。

〈09〉早島他（一九八二）、一九―二〇ページ。

〈10〉前田（二〇一六）、一三六ページ。

〈11〉前田（二〇一六）、一五四―一五七ページ。

〈12〉『チャーンドーギヤ・ウパニシャッド』6.2.1. 早島他（一九八二）、二四ページ。

〈13〉『チャーンドーギヤ・ウパニシャッド』6.2.2. 早島他（一九八二）、二四ページ。

〈14〉『チャーンドーギヤ・ウパニシャッド』6.3.2. 早島他（一九八二）、二四ページ。

〈15〉『チャーンドーギヤ・ウパニシャッド』6.8. 6-7. 早島他（一九八二）、二五ページ。

〈16〉前田（二〇一六）、一七九ページ。

〈17〉『ブリハッド・アーラニヤカ・ウパシシャッド』1.4.10.

〈18〉『ブリハッド・アーラニヤカ・ウパニシャッド』4.5.15. 早島他（一九八二）、二五ページ。

〈19〉『ブリハッド・アーラニヤカ・ウパニシャッド』4.4. 3-4. 早島他（一九八二）、二五ページ。

〈20〉前田（二〇一六）、一九四―一九五ページ。

〈21〉前田（二〇一六）、一八六ページ。

〈22〉『ブリハッド・アーラニヤカ・ウパシシャッド』4.4. 前田（二〇一六）、一九九ページ。

〈23〉早島他（一九八二）、六五ページ。

〈24〉早島（一九八二）、五六ページ。

〈25〉赤松（二〇一八）、八五ページ。

〈26〉『バガヴァッド・ギーター』14.5. 上村（一九九二）、一一三ページ。

〈27〉『バガヴァッド・ギーター』3. 3-5. 上村（一九九二）、四三―四四ページ。

〈28〉『バガヴァッド・ギーター』3. 19. 上村（一九九二）、四六ページ。

〈29〉赤松（二〇一八）、一〇四ページ。

3

『マハーバーラタ』の物語

『マハーバーラタ』は既に述べたように全18巻からなる巨大な物語であり、なおかつその内容は多岐にわたるから、その「粗筋」をまとめるだけでもかなりの労力を要する。ここでは、上村訳第1巻と、沖田（二〇一九）を参考にして、『マハーバーラタ』の物語について簡潔に記す。

第1巻「最初の巻」

第1巻では世界の始まりの神話からクル族（Kaurava）を始めとする様々な部族の誕生を描き、それからクル族について、そしてカウラヴァとパーンダヴァの確執の始まりについて記している。

クルの王の孫であるシャンタヌ王は、森で美しい娘を見つけて求婚した。実はその娘はガンジス川の女神ガンガーであった。ガンガーは地上に生まれ変わらなければならなくなった八人のヴァス神群の母となるために地上に降りていたのである。そしてガンガーはシャンタヌとの間に生まれた子どもたちを次々と川に投じて天界に帰らせた。七人を川に投じたあと、シャンタヌは「妻の行いを咎めてはならない」という誓いを破ってガンガーを罵った。もともとシャンタヌに子供が残らないことを哀れんでいたガンガーは、自らの正体を示し、八人目の子供デーヴァヴラタをシャンタヌに渡した。

その後シャンタヌ王は美しい漁師の娘サティヤヴァティーを見初めて求婚するが、彼女の両親は「生まれてくる子供に王位を継承させせよ」と要求した。王は悩んだが、息子のデーヴァヴラタは父のために王位を譲り、一生独身の誓いを立て「恐るべき誓いをなした者」としてビーシュマと呼ばれるようになった。

シャンタヌ王とサティヤヴァティーの間には二人の息子が生まれたが、長男はガンダルヴァに殺され、次男を王位につけた。そしてビーシュマはこの王のために三人の王女を法に従って強奪し王の妃としようとしたが、長女のアンバーはシャールヴァ王の妻になると決めていたため彼女を解放し、残りの二人アンビカーとアンバーリカーを王妃とした。この王は七年後に夭折した。

そのため王家の存続のためにサティヤヴァティーはビーシュマに二人の寡婦を妻とするように頼んだが、ビーシュマは独身の誓いを立てていたため承知しなかった。そこでサティヤヴァティーはかつて自らが生んだ息子であるヴィヤーサ仙を呼び出し、二人の寡婦に子供を作らせようとした。まずアンビカーはヴィヤーサの恐ろしい姿を見て目を閉じたので、生まれた息子ドリタラーシュトラは盲目であった。次にアンバーリカーは恐怖に青ざめたので生まれた息子は蒼白となり、「蒼白（パーンドゥ）」と名付けられた。そしてアンビカーの代わりに差し出された召使い女との間に生まれた息子は高徳のヴィドゥラとなった。

ビーシュマは盲目のドリタラーシュトラにガーンダーリーを妃に迎えた。彼女は妊娠したが二年の間生まれることがなく、その間にパーンドゥの妻クンティーは長男を出産していた。クンティーを羨んだガーンダーリーが自分の腹を強く打つと肉塊が生まれた。ヴィヤーサの指示によってその肉塊を一〇〇に分割しギーを満たした容器に二年間保存すると、ドゥルヨーダナをはじめとする一〇〇人の王子が誕生した。これがカウラヴァの百王子である。

ある時パーンドゥ王は、妃マードリーが鹿に変身して交わっていた隠者を弓で射た。その隠者の呪いによりパーンドゥは妻と交われなくなった。一方もう一人の妻クンティーは、あるバラモンを満足させたことで神を呼び出してその子供を授かることができた。クンティーは結婚前に好奇心から太陽神を呼び出し息子を生んだ。恐れたクンティーはその息子を川に流した。息子は御者であるアディラタに拾われ養育された。それがカルナである。そして結婚後クンティーは、法の神ダルマとの間にユディシュティラを、風の神との間にビーマを、インドラとの間にアルジュナを生んだ。彼女はマードリーのためにアシュヴィン双神を呼び出し、ナクラとサハデーヴァという双子が生まれた。これがパーンダヴァの五王子である。

パーンダヴァの五王子はカウラヴァの百王子とともに成長したが、あらゆる点で彼らを凌駕しており、ドリタラーシュトラの息子ドゥルヨーダナは五王子に敵意を抱くようになった。王子たちは聖者ヴァラドゥヴァージャの息子ドローナを武術師範とした。ドローナの息子がアシュヴァッターマンである。

ある時パーンダヴァとカウラヴァはドリタラーシュトラ王の前で御前試合を行った。ビーマとドゥルヨーダナの棍棒戦はあまりの激しさにドローナによって止められた。アルジュナが披露した弓術は卓越したものであり、そこにカルナが現れアルジュナに挑戦した。しかしカルナはその素性を問われて恥じたが、感心したドゥルヨーダナはカルナをアンガ国王に任じ、永遠の友情を結んだ。

その後ドゥルヨーダナはユディシュティラに王位継承権を奪われることを恐れ、パーンダヴァの五王子を追放し、ラックという樹脂で作られた燃えやすい家を建ててそこに住まわせた。ユディシュティラはすぐにその家の危険を見抜いたが、あえて油断させるためにその家に住むことにして、避難用の地下道を作った。一年後、果たしてその家には火をつけられたが、彼らはヴィドゥラによって事前に危険を察知していて、逃げ出して南方に身を隠した。人々は五王子が死んだものと信じていた。

ある時パーンダヴァの五王子はパーンチャーラ国の王女ドラウパディーの婿選びの儀式が行われると聞いてそこへ向かった。用意された剛弓を誰も引くことができなかったが、バラモンに変装したアルジュナは容易にその弓を引いて空中の金の的に的中させた。アルジュナたちがドラウパディーを連れて帰り、母クンティーに「この施物を得ました」と報告すると、クンティーはそれを見ずに「皆で分けなさい」と言った。母の命令は絶対であるため、ドラウパディーは五王子共通の妻となった。

ドリタラーシュトラはカルナやドゥルヨーダナの反対にもかかわらず王国の半分をユディシュティラに与えた。五王子はそこで暮らすに当たり、「我々のうち誰かがドラウパディーといるときに他の兄弟を見たらそのものは十二年森で修行生活をせねばならない」という約定を定めた。しかしアルジュナがやむを得ずその禁を破ったことで、十二年間森で暮らすこととなった。その間にアルジュナはヤドゥ（ヴリシュニ）族の長ヴァスデーヴァの息子であるクリシュナと出会い、クリシュナの妹スバドラーを見初めて妻とし、帰国した。

帰国したアルジュナはクリシュナとともにカーンダヴァという森を訪れた。そこで彼らは火の神に出会い、彼のために森を焼くことにする。その際、火の神は水の神からアルジュナにガーンディーヴァ弓と猿（ハヌマット）の旗を掲げた戦車を与えさせた。それらの武器を用いて彼らはインドラと戦い、戦いのさなかに自分たちが古の聖仙ナラとナーラーヤナであることを知る。

第2巻「集会の巻」

第2巻では、ユディシュティラがドゥルヨーダナの奸計によって陥れられ、パーンダヴァの五王子が追放されるさまが描かれる。

カーンダヴァでアルジュナたちに救われた羅刹であるマヤは壮麗な宮殿を彼らのために建築した。ユディシュティラは諸王を招待したが、そこでドゥルヨーダナは数々の失敗をして嘲笑されて五王子への恨みを深くした。そこで彼らを陥れるため、集会場を作らせてそこで賭博の達人であるシャクニが賭博好きのユディシュティラと勝負をしたが、果たしてユディシュティラは負け続け、全財産と王国、弟たちに自分自身、ドラウパディーをも賭けて取られた。その時ドラウパディーは月経中であったために一枚の布のみをまとって部屋にこもっていたが、ドゥルヨーダナの弟ドゥフシャーサナがドラウパディーの髪を引っ張って集会場に連れ出し、奴隷と罵って衣服を剥ぎ取ろうとした。ドゥルヨーダナはドラウパディーの眼前で太腿を露出して彼女を嘲った。ビーマは激怒し、戦いにおいてドゥフシャーサナの胸を裂いて血を飲むこと、ドゥルヨーダナの腿を砕くことを誓った。

ドリタラーシュトラの計らいでパーンダヴァたちは解放され王国も返還されたが、それを不服とするドゥルヨーダナたちは再度ユディシュティラに賭博を持ちかけ、敗者は十二年間森で暮らし、十三年目は人に知られぬように生活するという条件をつけた。そしてユディシュティラは賭けに負けて、妻や弟たちと苦行者の身なりをして森へ出発した。

第3巻「森林の巻」

第3巻では、放浪の旅の中でアルジュナがシヴァに会い、武器を授けられるエピソードが描かれる。アルジュナはユディシュティラにインドラから武器を得るように命じられる。ヒマーラヤで彼は一人の苦行者すなわちインドラに会い、望みを叶えると言われ、すべての武器の秘密を知りたいと答えた。するとインドラはシヴァに会えと指示する。

アルジュナがシヴァに会うために森の中で苦行をしていると、森の民キラータが現れ、猪の姿をしたムーカという悪魔が襲ってきた。二人の矢が同時にムーカに命中し、二人はムーカを巡って争いに突入した。アルジュナは勇敢に戦ったがついにキラータに敗れる。実はそのキラータこそがシヴァであり、アルジュナの勇気に感心したシヴァは願いを叶えてブラフマシラスという世界を滅亡させる武器を与えた。

一方他の兄弟たちはカーミヤカの森で過ごしていたが、ある時ビーマは巨大な神猿ハヌマットに出会う。そしてハヌマットの活躍する『ラーマーヤナ』の物語が語られた。またブリハッドアシュヴァという仙人が、ユディシュティラたちを慰めるために、賭博で全てを失った王と妻を描く「ナラ王物語」を語った〈01〉。

第4巻「ヴィラータの巻」

第4巻では、放浪の十三年目に、パーンダヴァたちがマツヤ国のヴィラータ王の宮殿で暮らした際の出来事が描かれる。

五王子たちは様々な姿に変装して、マツヤ国のヴィラータ王の宮殿で暮らした。ユディシュティラは賭博師に、ビーマは料理人になり、アルジュナは女形として王女ウッタラーに音楽や舞踊を教えた。ナクラは馬番に、サハデーヴァは牛飼いになり、ドラウパディーは王妃の召使いとなった。

ある時将軍キーチャカがドラウパディーに言い寄り、乱暴しようとしたので、ビーマがキーチャカを殺した。そしてキーチャカが死んだことを聞いたトリガルタ国王がクルと連合してマツヤ国に戦争を仕掛けた。五王子は奮戦してトリガルタとクルを退けた。感激したヴィラータ王は娘のウッタラーをアルジュナに、ユディシュティラに全王子と全財産を預けた。アルジュナはウッタラーを息子のアビマニュの妻とした。

第5巻　「努力の巻」

第5巻では、カウラヴァとパーンダヴァの和平交渉と戦いの準備が描かれる。

十三年間の放浪生活が終わったので、パーンダヴァたちは王国の半分の返還をカウラヴァたちに求めようとした。その際、ドゥルヨーダナとアルジュナがそれぞれクリシュナのもとを訪れて協力を調整した。クリシュナは「自分の強力な軍隊か、自分個人かどちらかを選べ」と迫り、ドゥルヨーダナは軍隊を、アルジュナはクリシュナ個人を望んだので、クリシュナはアルジュナの御者となった。

クリシュナが和平交渉の使者としてカウラヴァを訪れたものの交渉は決裂し、両者の戦争は決定的なものになった。

一方マドラの国王シャルヤはマードリーの兄であり、甥であるパーンダヴァの五王子とともに戦うつもりであったが、ドゥルヨーダナの接待攻勢でカウラヴァの側についた。彼だけではなく、ビーシュマやドローナ、クリパといった武将も接待と財産によってカウラヴァについた。そしてビーシュマが司令官となった。しかしビーシュマは、「元女性であったパーンダヴァの武将シカンディンは殺さない」と誓う。かつてビーシュマは三人の王女を強奪したが、そのうち長女のアンバーはシャールヴァ国王の妻になることを望んだのでビーシュマは彼女を解放した。しかしシャールヴァ国王は「一度他人のものになった女は受け入れられない」とアンバーを拒絶し、アンバーはことの原因となったビーシュマを呪って苦行した。そしてアンバーはシカンディニーという娘に生まれ変わり、シカンディニーはヤクシャの力によって一定期間男性となった。これがシカンディンである。つまりビーシュマは、自分が不幸にした女性の生まれ変わりは殺せないと誓ったのである。

第6巻「ビーシュマの巻」

第6巻では戦いの始まり、そしてカウラヴァの司令官となったビーシュマが描かれる。

戦闘に先立ち、いくつかのルールが定められた。特に「他者と交戦中のもの、油断した者、背を向けて逃げる者、武器を失ったものは攻撃してはならない」というルールは重要であった。また、盲目のドリタラーシュトラ王が戦況を知ることができるように、御者のサンジャヤがヴィヤーサによって千里眼を与えられた。

戦争が始まろうというときに、アルジュナは同族との戦いに躊躇を見せたが、クリシュナがそれを諌めて、自らの本来の姿である神の姿を顕現させ、信愛（バクティ）と王族の義務を説き、「義務を果たし神に委ねることが解脱への道である」と諭す。『バガヴァッド・ギーター』である〈02〉。

その後十日間にわたって激しい戦闘が繰り広げられた。ビーシュマは勇猛に戦ったが、アルジュナがシカンディンを先頭に立ててきたためビーシュマは戦うことができず、多数の矢を浴びて倒れた。ビーシュマが倒れると、両軍の戦士たちは戦闘を中断してビーシュマの周りに集まった。アルジュナは枕を欲したビーシュマに対し、三本の矢を枕とした。水を欲したときには水の神の呪文によって清浄な水を与えた。満足したビーシュマは矢の寝床に横たわり、教説を述べて戦争の中止を訴えたが、両者の決裂は決定的なものであり、特にドゥルヨーダナは和平を認めなかった。

第7巻「ドローナの巻」

第7巻では、ビーシュマに次いでカウラヴァの司令官となった、五兄弟の師ドローナの戦いと死を描く。

戦争第十一日目、ドローナはユディシュティラを生け捕りにしようとしたがアルジュナに阻まれて失敗。十二日目、ドローナは特攻隊（サンシャプタカ。必ずアルジュナを殺すと誓いを立てた戦士の隊）を組織し、アルジュナを孤立させる。アルジュナはヴァジュラーストラ（金剛杖）という武器を発動させて特攻隊を粉砕した。十三日目、アルジュナの息子アビマニュはカルナらを相手に奮戦するが、後を守るパーンダヴァの軍がカウラヴァの戦士ジャヤドラタに足止めされ、孤立したアビマニュは戦死する。十四日目に、息子の死を嘆くアルジュナはジャヤドラタを殺すことを誓う。そしてシヴァの神がかった武器であるパーシュパタという斧を習得した。奮戦の末、夕暮れに、アルジュナはジャヤドラタの首を刎ねて息子の敵をとった。

夜になると、カルナは目覚ましい戦いでパーンダヴァを圧倒した。カルナにはインドラから授かった一度しか使えない必殺の槍があり、その威力を恐れるパーンダヴァ軍はなかなかカルナを倒せない。そこでクリシュナはガトートカチャというビーマの息子にカルナの殺害を命じ、勇猛に戦った彼はついにカルナに必殺の槍を使わせて戦死する。カルナはこれ以降必殺の槍を使えなくなった。

十五日目に、ドローナはドラウパディーの父王ドルパダ、ヴィラータ王を殺害した。更にアルジュナとドローナは激戦を繰り広げるが、アルジュナはドローナを倒せなかった。そこでクリシュナは一計を案じ、「ドローナの息子のアシュヴァッターマンが殺されたと叫べ」と命じる。戦士たちは渋々それに従い、ビーマはアシュヴァッターマンという名の象を殺して「アシュヴァッターマンが殺された（ただし象の）」と心のなかで付け加えながら叫んだ。決して嘘を言わない法の王ユディシュティラも、不明瞭に「象のアシュヴァッターマンが死んだ」とのみ言い、アシュヴァッターマンが死んだと思い込み打ちのめされたドローナは武器を捨てて戦車の車上でヨーガに専心した。そしてついにドルパダの息子ドリシュタデュムナがドローナを殺害した。アルジュナは最後まで師であるドローナを殺すことに賛成しなかった。

第8巻 「カルナの巻」

第8巻では、ドローナに次いでカウラヴァの司令官となったカルナの戦いとその死を描く。

カルナがドローナに次いで軍司令官となった。戦争の十六日目も激戦が続いた。十七日目、ドゥルヨーダナはカルナの御者としてマドラの王シャルヤを指名する。最初は渋ったシャルヤであるが、かつてユディシュティラと交わした約束を思い起こして承諾する。すなわち、カルナの御者として傍らにいて、ユディシュティラらパーンダヴァを讃えてカルナの威光を落とすというものである。そこで「カルナの傍らで望み通りの言葉をいう」ことを条件にしたのである。

一方アルジュナはカルナを倒せずにいたが、ユディシュティラは弟の不甲斐なさを嘆き、思わず「お前はガーンディーヴァにふさわしくない。その弓を他の者に与えよ」という意味のことを言ってしまう。アルジュナにとって、その言葉を発する者の首を刎ねるという誓いを立てた内容であった。そこでアルジュナはユディシュティラを殺して自殺しようとするが、クリシュナの執り成しで二人は仲を修復し、アルジュナは改めてカルナを倒す誓いを立てる。〈03〉

そしてビーマはかつての誓い通りドゥフシャーサナを殺して胸を裂いて血を飲む。アルジュナはカルナとの決戦の刻を迎えるが、カルナは必殺の矢が不発に終わったり、戦車の車輪が穴にはまるなどの不幸に見舞われる。カルナは戦争のルールを持ち出してアルジュナに「しばし待て」と訴えるが、それをクリシュナとアルジュナは聞き入れず、ついにカルナはアルジュナに倒された。

第9巻「シャルヤの巻」

第9巻では、カルナに次いでカウラヴァの司令官となったシャルヤの戦いと死、その後の両軍の戦況を描く。

軍司令官となったシャルヤは奮戦するが、ユディシュティラの槍によって殺される。司令官を失ったカウラヴァ軍は戦いを続ける。しかし戦況は悪化し、ドゥルヨーダナは敗走して魔術で湖水を凝結させてその中に潜んでいたが、程なくして見つかり、ビーマとドゥルヨーダナの棍棒戦が始まった。そしてビーマは、かつてドラウパディーがドゥルヨーダナに侮辱されたことを思い出し、ドゥルヨーダナの腿を棍棒で粉砕する。それはルール違反であり、苦い勝利であった。アシュヴァッターマンは父ドローナを失い、またドゥルヨーダナが卑怯な手で敗れたのを見て激怒し、必勝の誓いを立てた。ドゥルヨーダナは彼を司令官に任命した。

第10巻「眠る戦士の殺戮の巻」

第10巻では、アシュヴァッターマンによる夜襲とドゥルヨーダナの死、さらにアシュヴァッターマンの運命が描かれる。

敗走したアシュヴァッターマンは、夜に梟が鴉を殺すのを見て、敵陣への夜襲を企てる。そしてその夜襲は成功し、アシュヴァッターマンは父の仇であるドリシュタデュムナを殺した。さらにドラウパディーの五人の息子とシカンディンも殺され、ドゥルヨーダナはその報告を聞いて満足して息を引き取った。

生き残ったパーンダヴァ五王子とクリシュナ、サートヤキはアシュヴァッターマンを追い、彼らは対峙した。アシュヴァッターマンはパーンダヴァに向かって、ブラフマシラスという世界を滅亡させる武器を顕現させた。アルジュナも同じ武器を発動させたが、世界の滅亡を恐れるナーラダとヴィヤーサに止められてブラフマシラスを回収した。しかしアシュヴァッターマンの能力ではブラフマシラスの回収はできず、発動させてしまう。そこでアシュヴァッターマンは、パーンダヴァの家系を絶滅させるべく、ブラフマシラスをパーンダヴァの女達の子宮に向けた。しかしアルジュナの妻ウッタラーの胎内の子供だけは蘇生した。それがパリクシットであり、アシュヴァッターマンはクリシュナに「お前は胎児殺しの罪で三〇〇〇年間誰とも話をすることなく地上を彷徨うであろう」と呪われた。アシュヴァッターマンは頭頂の宝石をパーンダヴァに渡して去った。

第11巻「女性の巻」

第11巻では家族を失った女性たちの嘆きと怒りを描く。

カウラヴァ軍全滅の知らせを受けたドリタラーシュトラは嘆きのあまり気絶したが、ヴィヤーサは彼を「この戦争は大地の重荷を軽減させるためのもので、ドゥルヨーダナはその目的を遂行して死んだのだ」と慰めた。ガーンダーリーはパーンダヴァを呪うつもりでいたが彼らを許し受け入れた。しかしクリシュナに対しては、同族間の殺し合いを放置していたことを怒り、「三十六年後にあなたの親族は滅び、あなたは不名誉な死を迎えるだろう」と呪った。クリシュナは「私の親族は外部の者に殺されない。互いに殺し合って滅びるだろう」と答えた。

第12巻「寂静の巻」／第13巻「教説の巻」

この二巻は本筋とはあまり関係のない哲学的な教説が続く。〈04〉パーンダヴァの王子たちはドリタラーシュトラらとともに死者たちの葬儀を行った。ユディシュティラは自責の念に駆られたが、ヴィヤーサは全て運命であると彼を慰め王族の義務を説いた。そしてパーンダヴァは都に入りユディシュティラの即位式が行われた。

一方ビーシュマは矢の寝床に横たわったまま生きていた。彼はユディシュティラに多くの法についての教説を行い、息を引き取った。

第14巻「馬祀の巻」

第14巻では、戦争の罪を浄めるための馬祀祭（aśvamedha）が行われる〈05〉。アシュヴァッターマンの放ったブラフマシラスによって一度死んだウッタラーの胎児パリクシットは蘇生する。その後、パーンダヴァたちは馬祀祭を実施することになる。馬を放って進むがままにさせ、馬を妨害する者とは戦って馬を守った。そしてアルジュナは最初の放浪で妻としたチトラーンガダーとの息子バブルヴァーハナと戦い一度殺されるが、生き返る。そうしてアルジュナは馬を守って帰還し、ユディシュティラは馬祀祭を行うことができた。

この巻では、『バガヴァッド・ギーター』に並んで『マハーバーラタ』において重要とされる哲学詩篇『アヌギーター』が語られる〈06〉。

第15巻「隠棲の巻」

第15巻では、ドリタラーシュトラが妃のガーンダーリー及びクンティーとともに森に隠棲するさ

まが描かれる。人生の最後期に森で隠棲し苦行することは上位三階級の義務であった。〈07〉

ユディシュティラたちが彼らに会いに行くと、ヴィヤーサが死んだ戦士たちを天界から呼び出し、敵味方なく恨みを捨てて楽しく一夜を過ごした。

高徳なヴィドゥラもまた森で苦行していた。ユディシュティラが彼に会いに行くと、ヴィドゥラはユディシュティラの中に入って合一した。どちらも法の神の息子であり化身であって、ヴィドゥラがヨーガによって身体を捨てたことで合一したのである。

それから二年後、森の火事によって、ドリタラーシュトラはガーンダーリー、クンティーとともにこの世を去った。

第16巻「棍棒合戦の巻」

第16巻では、ガーンダーリーの呪いが成就し、クリシュナの一族の滅亡とクリシュナの死が描かれる。

戦争の三十六年後、不吉な前兆からクリシュナはガーンダーリーの呪いが成就することを知り、ヴリシュニ族に巡礼の旅に出ることを勧めた。巡礼先で盛大な酒宴が開かれたが、その場でサートヤキとクリタヴァルマンが口論になり、サートヤキがクリタヴァルマンを殺した。クリシュナの息子プラデュムナも殺された。

息子を殺されたクリシュナは激怒し、エーラカ草（葦のような草）を取ってそれを鉄棒に変え、その場にいた人々を殺戮した。クリシュナは死期を悟り、森の中でヨーガに入ったが、ジャラーという猟師に誤って踵を矢で貫かれて死んだ。

第17巻「偉大なる旅立ちの巻」

第17巻では、ユディシュティラがこの世を捨てる決心をして旅立つさまが描かれる。ヴリシュニ族の滅亡とクリシュナの死を知ったユディシュティラは「時が来た」と悟り、アルジュナの孫であるパリクシットを王として、弟たちとドラウパディー、そして一匹の犬を連れて旅立った。アルジュナはガーンディーヴァ弓を海に投じて水の神ヴァルナに返却した。

彼らはヒマーラヤを超えたが、メール山を前にしてドラウパディーが倒れ、その後次々に弟たちがそれぞれの罪によって倒れた。その時インドラが戦車に乗って現れ、ユディシュティラを天界に迎えに来た。ユディシュティラは「弟たちや妻が行けないのなら自分も天界には行けない」と断るが、インドラは「皆はすでに人間の身体を捨てて天界にいる」と説得する。そして犬を捨てるように命じたが、ユディシュティラは「自分に忠実なものを捨てることはできない」と断った。すると犬は本来の法の神の姿を顕現させた。こうしてユディシュティラは天界に迎えられた。

第18巻　「天界の巻」

最終第18巻では、天界に昇ったユディシュティラと、死んだ人々の再会が描かれる。ユディシュティラは天界に昇ったが、そこに弟たちと妻の姿はなかった。逆にドゥルヨーダナがいて繁栄していた。ユディシュティラは弟たちと妻を求めて地獄に進み、地獄でその声を聞く。彼はドゥルヨーダナのような邪悪な者が天界で繁栄し、弟や妻が地獄にいるのは不公平だと考えたが、親族とともに留まる決心をする。するとインドラが現れ、全ては幻影（māyā）であると告げた。あらゆる王族は一度は地獄を見なければならなかったのである。そして地獄は天界へと変わり、ユディシュティラも人間の身体を捨てて、一族と再会したのである。

こうして『マハーバーラタ』の壮大な物語は終わる。あらゆる繁栄もそれを巡る戦いもすべては幻影のように儚く、最終的に人は身体を捨てて天界に赴くとする結末について、先述のように後世の批評家は「寂静の妙味」を見たが、ここでごく簡単に述べただけでもそれにとどまらない波瀾万丈の物語であることがわかる。『マハーバーラタ』がそこに根ざすところの宗教的価値観は現代日本に生きる我々には理解し難い点もあるが、同時に時間や空間を超えて通じる人間の本質も見出すことができよう。

次章では、本書の主人公と言えるアルジュナとカルナという二人について、その来歴や人となり、二人の間の確執などについて考察することとする。

注

〈01〉『ナラ王物語』については、鎧（一九八九）を参照。

〈02〉『バガヴァッド・ギーター』については上村（一九九二）を参照。

〈03〉この箇所の内容は本書の和訳に含まれるが、詳細については原（一九九七）を参照。

〈04〉第13巻の概略については中村（二〇一四）を参照。

〈05〉馬祀祭は、ここに描かれているように馬を進むがままにさせて、一年後に帰還した際にその馬を犠牲獣として行う祭祀である。馬の通った地域を支配下とするため、統一王朝の王が行う祭祀とされてきた。『リグ・ヴェーダ』に既に記述がある。cf. Talbott (2005), p. 107.

〈06〉『アヌギーター』の内容の一端についてはTakahashi (2018) を参照。『アヌギーター』は『バガヴァッド・ギーター』とは哲学的背景がかなり異なり、後世の挿入であると考えられている。

〈07〉人生の段階（āśrama）は『マヌ法典』などに規定されている。cf. Olivelle (1993), pp. 136-142. 渡瀬（1990）。

4

アルジュナとカルナ

本書は『マハーバーラタ』第8巻「カルナの巻」を中心とするが、その主題はカルナとアルジュナの闘い、そしてカルナの死である。したがって、この巻で決戦するアルジュナとカルナについて多少詳細に知っておくことは、二人の戦いの様子を読むにあたって重要なことであろう。

物語の主人公格であるアルジュナに対して、カルナの役割はいわば悪役である。しかし、それは単なる（ヒンドゥー的価値観による）善悪ではなく、あくまで「対立せざるを得なかった」関係とも言える。たとえばヒルテベイテル（Hiltebeitel）はこの二人の関係をアイルランドの古典『クーリーの牛争い（Táin Bó Cúailnge）』におけるクー・フーリンとフェル・ディアドに例えている〈01〉。この二人は、少年時代スカサハに師事する兄弟弟子であり、親友とも言える間柄であったが、アイルランドで起こった戦争において敵味方に分かれてしまい、最終的には一騎打ちによってフェル・ディアドはクー・フーリンに殺されるという結末を迎える。英雄クー・フーリンとの決闘をフェル・ディアドが命じられたのはまさにその力がクー・フーリンに匹敵すると認められていたからであったが、この二人が以前に戦ったことはなかったのである。

これらの点において、この二つの戦いは明らかな相似を示している。まずカルナとアルジュナは「兄弟」、里子兄弟でもあるクー・フーリンとフェル・ディアドは「親友」といったように近い関係にある。アルジュナらはドローナ、クー・フーリンらはスカサハという同じ師に学んだ関係でもある。そして両者の戦いは出会いからかなりの年数を経てようやく実現している点でも似ている。また、この後に触れるように、カルナはアルジュナに対して御者の点で不利だという理由で英雄シャルヤを御者に選びそのギャップを埋めようとし、一方フェル・ディアドはクー・フーリンの必殺の槍ゲイ・ボルグに対し、あらゆる武器を跳ね返す皮膚を得ている。このように、「同じ師に学んだ深い関係にある二人が戦争において戦わざるを得なくなり、両者の力関係は同等である」という雛形をこれらの戦いには見出すことができるという点で、そもそもインド＝ヨーロッパ的な神話の類型がそこにあるのではないかとヒルテベイテルは推測している。

いずれにせよ、カルナはカウラヴァ陣営にあるという理由で、物語の主役側であるパーンダヴァからすれば「悪」だが、カルナ自身に「法」を守らないという意味での倫理的問題があるわけではない。むしろ彼をめぐるエピソードには、(戦いや力に拘泥するところはあるにせよ）その高潔な人格を伺わせるものも多い。一方でアルジュナは、『バガヴァッド・ギーター』にあるように同族同士の殺し合いに躊躇し、クリシュナに諌められた後でもしばしば戦いのさなかですら殺人をためらう甘さ、弱さを持ち、計略や謀のたぐいはクリシュナに任せているところがある。そのような両者の違いが、対立を深くしているとも言える。

ここでは、そうした違いや関係を中心に、ヒルテベイテルの示唆するような神話的類型がカルナとアルジュナの間にも存在するのではないかという推測をも念頭に置いて、『マハーバーラタ』に描かれるこの二人の英雄の来歴や人物像について考察することとする。

1 アルジュナ

アルジュナはパーンダヴァ五王子の三男であり、母クンティーとインドラの間の子である。名目上の父であるパーンドゥは呪いのため子をなせなかったため、神々を呼び出しその子を生むことができるクンティーを妃とした。そしてクンティーがインドラを呼び出して生んだのがアルジュナなのである。既に第2章で述べたように、長男ユディシュティラは法の神ダルマの、次男ビーマは風の神ヴァーユの、そして異母弟ナクラとサハデーヴァはアシュヴィン双神の子である。

アルジュナは五兄弟の中で特に弓術に優れ、その武勇で多くの敵を倒すことで物語において主人公的な役割を果たしている。その点で、知略に優れる長男のユディシュティラや、棍棒戦などの腕力に優れる次男ビーマとは異なる。〈02〉『マハーバーラタ』に描かれる戦争では、二輪戦車に乗って弓矢で攻撃することが主な戦いの手段であって、したがって弓術に優れるアルジュナはパーンダヴァの主戦力となることを期待されていた。

そしてある時アルジュナはドリタラーシュトラの前で御前試合を行い、見事な弓術を見せるが、そこにカルナが乱入しその腕前を示そうとする。しかしカルナは御者の子であるという身分を揶揄され、アルジュナには「カルナよ、お前は私に殺されて、招待されていないのに闖入してしゃべる者たちのいる世界へ堕ちるであろう」と参加資格がないことを指摘されて、〈03〉結局日没により両者の戦いは行われなかった。ここにアルジュナとカルナの因縁が発生した。しかし実際に二人が相まみえるのは、十数年後のクルクシェートラの戦いということになる。

そのようなアルジュナを特徴づけるのは、まずその放浪の遍歴である。最初に、燃えやすい樹脂の家から脱出し、五兄弟でともに各地を放浪した。その放浪の際に、兄弟共通の妻であるドラウパディーを得る。次に、ドラウパディーをめぐる兄弟間の誓いを破ったために、今度は単独で苦行の旅に出る。その旅の中で、ナーガ族の姫ウルーピーと出会い息子イラーヴァットをもうけ、さらにチトラヴァーハナ王の娘チトラーンガダーを娶ってバブルヴァーハナという息子を得る。そしてクリシュナと出会い、クリシュナの妹スバドラーを略奪して妻とした。スバドラーを伴って帰国したアルジュナに妻ドラウパディーは機嫌を損ねたが、スバドラーが機転を利かせてドラウパディーを女主人として扱ったため、ドラウパディーはスバドラーを受け入れた。この放浪は、本来「禁欲」の旅であったはずのものが、妻や子を得て帰ってきたのであった。

なお、この旅の後、帰国したアルジュナは火の神アグニ（agni）の要請により神々と戦いカーンダヴァの森を焼くこととなる。その際に、アグニの仲介で水の神ヴァルナ（Varuṇa）からガーンディーヴァという強力な弓を得る。

三回目の放浪は、賭博に敗れて五兄弟が追放された際に、ユディシュティラに命じられて一人で武者修行の旅に出たものである。旅先のヒマーラヤで彼はインドラに会い、それからインドラの導きでシヴァに出会って闘い、シヴァを満足させてブラフマシラスという武器を得る。このブラフマシラスは世界を滅亡させうるほどの威力を持つもので、アシュヴァッターマンとの戦いにおいて発動しかけるがすんでのところで回収されることになる。

そして最後に、アルジュナは戦争の後に馬祀祭の犠牲獣となる馬を守るための旅に出た。その際に、自分の息子であるバブルヴァーハナと戦って一度殺されるが、もう一人の妻ウルーピーによって蘇生する。この死と再生によって、父の叔父であるビーシュマ殺しの罪が浄められた。

こうした遍歴は、妻の獲得→武器の獲得→聖性の獲得という図式で捉えることもできる。〈04〉アルジュナという人間（半神）はこのような遍歴を経て完成し、物語構造における繁栄→戦争→死と解脱という図式とパラレルで考えられる。そうした意味でも、アルジュナは『マハーバーラタ』という物語の主人公なのである。

アルジュナをもう一つ特徴づけているのがクリシュナの存在とその関係である。クリシュナとの出会いは偶然であったが、そもそも二人は前世でナラとナーラーヤナという双子の聖仙であり、不可分の存在である。そしてアルジュナは、クリシュナの強力な軍隊を望んだドゥルヨーダナに対して、非戦闘員としてのクリシュナ個人を求め、クリシュナを御者とする。二人は親友と言っていい関係であったが、戦争にあたって、師や同族と戦うことに躊躇したアルジュナに対してクリシュナは本来の神的な姿を顕現させ、法を説く。いわゆる『バガヴァッド・ギーター』であるが、ここにおいて両者の関係は変化する。御者のクリシュナを戦車乗りたるアルジュナよりも明らかに上位においた逆転関係である。アルジュナはクリシュナを友として扱ったことを恥じて詫びるが、クリシュナは「前と同じ私の姿を見るがよい」と答えている。[05] それまでもカウラヴァとの和平の使者になるなど活躍していたクリシュナだが、実はヴィシュヌであるクリシュナのパーンダヴァにおける発言力は一気に増大して、軍師の如き働きを見せるようになる。

それでもなおアルジュナとクリシュナは不可分の存在であって、物語中でしばしば「二人のクリシュナ（kṛṣṇau）」と表現される（サンスクリットには単数と複数に加えて『二つ』を表す両数という概念があり、kṛṣṇau は kṛṣṇa の両数である）。また、「ヴィシュヌとヴァーサヴァが一台の戦車に同乗しているようだ」とも描写される。ここに二人の、友でもあり、師弟でもあり、神とその神に帰依する人間であり、前世の双子でもあるという強い絆が見られる。この絆がアルジュナを勝利に導くものであり、そしてカルナが得られなかったものであった。

なおアルジュナには十の異名があり、場合によって呼び分けられている。以下にその異名を示す。作中でも適宜使い分けられているが、その全体像はヴィラータ国の王子ウッタラに請われて伝えられたものである。

ダナンジャヤ：富を勝ち得た者
ヴィジャヤ：勝者
シュヴェータヴァーハナ：白馬を駆る者
パールグナ：パールグナの星宿の下に生まれた者
キリーティン：冠を被せられた者

ビーバットス：忌む者
サヴィヤサーチン：左利き
アルジュナ：白
ジシュヌ：勝者
クリシュナ：黒

2　カルナ

パーンダヴァの王子として由緒正しい出自を持つアルジュナに比して、カルナのそれは複雑である。実はカルナの母もユディシュティラ、ビーマ、アルジュナと同じクンティーである。カルナはアルジュナらの同腹の兄なのである。しかし出生の事情が違った。クンティーがまだ少女であった頃、ある身勝手なバラモンを満足させたため、そのバラモンから好きなときに神を呼び出してその子を宿すことができる呪文（mantra）を授かる。そしてクンティーは好奇心から太陽神（Sūrya）を呼び出し、処女にしてその太陽神の子を生む。その子供がカルナであるが、生まれながらに黄金の甲冑を身に着け耳飾りをしていた。クンティーは外聞を気にして子供を河に流してしまう。そうしてカルナは御者（sūta）アディラタに拾われ、その妻ラーダーに養育された。〈06〉

したがってカルナは本来クンティーと太陽神の子であるにもかかわらず表向きの身分は御者の子

であり、しばしば「御者の息子（Sūtaputra）」「アディラタの子（Ādhiratha）」「ラーダーの子（Rādheya）」と貶称されることになる。また先に述べた御前試合の場でも、その身分を揶揄されるなど理不尽な思いをする。また実の母クンティーもそうしたカルナの境遇を黙って見ている他なかった。このように、カルナの出自には太陽神の子でありながら望まれた出生ではなく、さらにある種の「箱舟漂流」のモチーフが加味され、悲劇的な人生が暗示されている。

そうしたカルナに対し、アンガ国の王位を授け、永遠の友情を誓ったのがドゥルヨーダナである。ドゥルヨーダナにはもちろんカルナの力を我がものとしたいという計算はあり、おそらくカルナもそれには気付いているが、それでも窮地にあって自分を救ってくれたドゥルヨーダナへの恩を彼は生涯失わなかった。カルナにはしばしば嫉妬深く奸計に長けたドゥルヨーダナの行いを黙認するようなところも見られ、そこを戦いの場でクリシュナに攻撃されるが、ドゥルヨーダナらのパーンダヴァを侮辱したり陥れたりするような行いには、反対はせずとも積極的に関わることはなく（一方でドリタラーシュトラによるパーンダヴァとの宥和には強く反対した）、そこにカルナの人間性の一端を見て取ることもできるだろう。

上述のカルナの生まれつきの鎧と耳飾りは、それを身に着けている限り不死であり、したがってパーンダヴァにとっては脅威であった。しかしカルナは生来の潔癖さから「バラモンに請われたならばなんであれ拒まない」という誓いを立てていた。そこで、息子のアルジュナの身を案じたインドラがバラモンに扮して「その耳飾りと甲冑をくれ」と願う。カルナはすでに父である太陽神からその旨の警告を受けていたが、果たしてカルナは自らそれを切り落としてインドラに与えた。以来彼は「切り落とす者（Vaikartana）」と呼ばれるようになった。これにより、カルナは不死の力を失ったが、太陽神の忠告どおりに代わりにインドラに必殺の槍（amoghaśakti）を望み、それを得た。ただしその槍は、一度使用するとインドラのもとに帰ってしまうというものであった。このことを知ったカウラヴァ陣営は落胆し、パーンダヴァは喜んだ。

この状況をアルジュナと比較すると、アルジュナはいわば神々に愛され、ガーンディーヴァやブラフマシラスを「無償で」得ているのに対し、カルナは「交換」で、しかも制限の多い槍を得ている。アルジュナが与えられる者であるのに対し、カルナは奪われる者、かろうじて不平等な交換によって武器を得る者に過ぎない。後のアルジュナとの戦いにおいても、高位の神々や吉祥のシンボルとなるような存在はアルジュナの側につき、カルナの味方となったのは弱きものや矮小なものであった。生まれついての不平等がこの二人の間には存在したのである。

そして戦争の前、クリシュナがカルナを訪ね、パーンダヴァ軍に加わるよう勧誘する。クリシュナはカルナの出生を知っており、したがって法的に（dharmatas）カルナはパーンダヴァの長子であって、クリシュナも彼を王として遇するとすら述べているが、カルナは養父母への恩義とドゥルヨーダナとの友情を優先してそれを断る。さらにクンティーがカルナにその出生の秘密を明かし、パーンダヴァとの和解を懇願するが、それも拒否してパーンダヴァと戦いアルジュナを倒すことを誓った。ただしその際に、アルジュナを除く四王子のみの安全は約束しているが、アルジュナを倒すという誓いは覆すことはなかった。ビーシュマもカルナに「お前はクンティーの子であってラーダーの子ではない」と言うが、カルナは「私はクンティーの子であって御者の息子ではないと知っている」と認めつつ〈07〉、やはり自分がドゥルヨーダナの庇護下にあってパーンダヴァと戦うつもりであると述べている。

ここにカルナの精神性が現れていて、アルジュナとの待遇の差を身にしみて知ってなお、和解よりも誓いや友誼を優先するのである。自らの力のみを拠り所に生きてきた彼は、もはやそれ以外の生き方を選ぶことができなくなっている。そして恩や忠誠を重んじるという武人の不器用な生き方を貫かざるを得ないのである。

カルナはビーシュマが倒れて後参戦し、マドラの王シャルヤを自らの御者として推挙する。王であるシャルヤは身分の低い御者（sūta）の息子であるカルナの御者（sūta）になることに憤慨するが、第2章で述べたような条件付きで承諾する。ここにも、戦車乗りよりも御者の身分が高いという逆転関係が見られる。カルナの高慢な言動はしばしばシャルヤの諫めるところともなったが、その高慢さは自分の力への自負の表れであり、本来であれば御者に咎められる性格のものではない。しかしカルナとシャルヤの関係はそうした立場上の常識外のものであって、しばしば口論に発展する。

このように、戦車乗りと御者の間の逆転関係はアルジュナとクリシュナの間のそれと共通しているようでも、カルナとシャルヤの関係は緊張感をはらんでおり、友情と呼べるものは存在しない。そもそもシャルヤはユディシュティラとの約束をも果たしてしばしばカルナを侮辱するような言葉を吐いてカルナに「偽りの友」と呼ばれている。クリシュナがカルナの攻撃からアルジュナを守ったのに対して、シャルヤはカルナの危機において特に何もせず、カルナが倒されると逃げ去ってしまう。このように、御者との間に信頼関係を築けなかった点で、カルナはアルジュナに比して孤独であると言える。

そしてカルナは戦いに赴き、クリシュナの計略によってついにインドラの必殺の槍を使ってしまって失い、身を守る甲冑と耳飾りも必殺の槍もなくアルジュナと戦わねばならなかった。それでもなお鬼神の如き強さを見せたカルナであるが、必中の矢は不発に終わり、戦車の車輪が地面にとらわれるなどの不幸に会い、戦争のルールを持ち出して待ったをかけるも、ついにアルジュナに討たれるのであった。その身体は死してなお光っていたと描写されている。

3 「誓い」について

『マハーバーラタ』の世界では、「誓い(vrata)」が非常に大きなウエートを占めている。物語の始まりにおいて、ビーシュマは父王のために一生独身の誓いを立て、そのことがドリタラーシュトラ、パーンドゥ、ヴィドゥラの三兄弟の出生のきっかけになっている。カルナは「バラモンに請われれば断らない」という誓いを立てて、その誓いのゆえにインドラに不死の甲冑と耳飾りを与えることになり、また「アルジュナを倒す」という誓いを果たせなかったときそれは死を意味した。アルジュナは「ガーンディーヴァを他の者に委ねよ」と言った者を殺すという誓いを立て、実際にその旨の言葉を発した兄王ユディシュティラを殺して自分も死のうとする。あるいはビーマは、集会場での侮辱に対して、「ドゥフシャーサナの胸を裂いて血を飲み、ドゥルヨーダナの腿を砕く」という誓いを立ててそれを実行している。

このように、『マハーバーラタ』の主要な登場人物――彼らは皆クシャトリヤ（王族）である――は、自らを律する誓いを立てて必ずやそれを実行しようとする。それを止めることは師や親兄弟でもできない。その誓いはもはや呪いに近いが、呪いが他者から向けられるものであるのに対して、誓いは必ず自ら立てるものである（『マハーバーラタ』では呪いもしばしば重要な役割を果たしている）。そして誓いは（呪いも）「言葉」によってなされる。言葉に強い力を見出す思想はヴェーダにおいてすでに言葉の女神ヴァーチュ（Vāc）がほとんど宇宙の根本原理であるとする讃歌があるように[08]、インドでは非常に古くから存在する。『マハーバーラタ』が作られた時代は、かなり幅が広いが、少なくとも古典サンスクリットが確立し（第1章で述べたように『マハーバーラタ』自体で用いられているサンスクリットは必ずしも厳密にパーニニの文法に従ったものではないが）、言葉を正しく使うことが宗教的意義すら持つと見なされるようになった時代でもある。言葉を正しく使えばそれは誓いであり、邪な目的で使えば呪いとなるのである。

カルナとアルジュナに話を戻すならば、カルナの誓いは「与えるもの」であり、アルジュナのそれは「奪われないもの」である。ここにも二人の対比を見ることができる。自らの持つものをなんであっても与えねばならないカルナの誓いと、持つもの（ガーンディーヴァ弓）を奪われないためのアルジュナの誓いは正反対であって、これはもともと多くのものを持っていて更に与えられもするアルジュナと、本来持つべきもの、すなわち血筋による尊敬や王族の長子として得られるはずの王位などを最初から奪われているカルナの立場を考えると皮肉である。持たざるものが与え、持つものが奪われまいとするこの図式は、カルナの悲劇性を強調する。あるべきところにいるアルジュナとそこにいないカルナの関係は、それぞれの誓いにも現れていると言えよう。そして最後の「アルジュナを倒す」という誓いが破れたとき、カルナは死を迎えることになる。

結語

こうしてみると、正統な王族のアルジュナと御者の子として生きたカルナ、戦争に際して師や同族との戦いをためらったアルジュナと、いうなれば「武士道」を貫き戦いを重んじたカルナというように、インドラの息子アルジュナと太陽神の息子カルナの人生と運命は対照的である。これは同じ母を持ちながら正規の婚姻のもとに生まれたか否かという違いはもちろん、父親がインドラであるか太陽神であるかの違いでもあるのではないかと考えられる。どちらの神もヴェーダ時代から崇拝されてきたが、リグ・ヴェーダで最も多くの讃歌を捧げられる不敗の戦神であるインドラに対して、太陽はインドの風土においてしばしば苛烈に過ぎ、必ずしも豊穣や安寧を約束しない。また昇るが必ず沈む存在でもある。その道は常に定まっている。そこに、王権神話と日輪神話がしばしば関連する東アジアとの違いがある。太陽が豊穣や繁栄を意味する東アジアでは太陽の子であることはストレートに王権に結びつくのに対し、インドでは太陽神の子たるカルナには過酷な運命が与えられ、その母たるクンティーの心にも暗い影を落とし続けた。

大事に育てられたゆえの甘さ、弱さをはらむアルジュナと、常に強くあろうとし自らの運命を受け入れるカルナは互いに相容れない存在であり、同時にどちらも超人的な力を持ちながら決して完全な存在ではないことが描写のここかしこに見て取れる。そこに『マハーバーラタ』という古代の物語の奥行きを見出すことも可能であろう。次章にてこの両者の決戦が描写される。

注

〈01〉Adruli & Bagchee (2011), pp. 461-483.

〈02〉沖田（二〇一九）二七ページによれば、『マハーバーラタ』における弓術はほぼ魔術であり、肉体的な戦いを得意とするビーマに対し魔術的な力を発揮するアルジュナという対比があるという。

〈03〉上村（二〇〇二）、四三二ページ。

〈04〉沖田（二〇一九）一七五ページでは、これをデュメジルによる神話的機能になぞらえている。

〈05〉上村（一九九二）、一〇〇―一〇一ページ。

〈06〉カルナの出自に関する概要については、原（一九八六）を参照。

〈07〉『マハーバーラタ』6.117.9-6.117.21.
〈08〉『リグ・ヴェーダ』10.125.

5

『マハーバーラタ』第8巻

「カルナの巻」

1　第8巻「カルナの巻」第49章第24詩節まで

上村勝彦氏による『原典訳　マハーバーラタ』は第8巻の途中、すなわち第49章第24詩節で途絶している。筆者はそれ以降の和訳を行ったが、筆者の和訳の前に、そこに至るまでの第8巻の物語の概略を示す。

戦争の十六日目、ドローナが死に、ビーシュマが倒され、自軍が壊滅したのを聞いたドリタラーシュトラは嘆きのあまり失神した。ドゥルヨーダナはアシュヴァッターマンの助言を聞き入れ、カルナを軍司令官に任命した。カルナは戦場でアルジュナと対峙し、両軍は激戦を繰り広げる。アシュヴァッターマンとビーマも戦い、両者とも気を失って倒れた。そして復帰したアシュヴァッターマンはアルジュナに挑んだが撃退される。

一方、パーンダヴァの五王子の四男ナクラはカルナと戦い、武器を失って逃げ出したが、カルナはナクラを深追いしなかった。カルナはクンティーとの対話において、アルジュナ以外の王子を殺さないとしたことを思い出したのであった。シカンディンも敗れ、パーンダヴァ軍は一時敗走した。

十七日目、戦況が膠着状態に陥り、カウラヴァ軍では決定打としてマドラの王シャルヤをカルナの御者とすることにした。カルナは、自分は戦士としてアルジュナに勝るが、アルジュナには御者としてクリシュナがついており、御者の点で不利であるから、武勇に優れるシャルヤを御者に望んだのである。シャルヤは自らの武勇に自信を持っていて、身分が低いカルナの御者として使えることを拒否するが、ドゥルヨーダナに説得され、またユディシュティラに「カルナの御者となり、パーンダヴァを讃え、カルナの威光をそぐ」ことを願われていたためにそれを引き受けた。

そして大言壮語するカルナに対し、シャルヤはアルジュナを讃えてそれを諫めたが、カルナはそのことに怒った。二人は激しい対話の後一旦和解し、パーンダヴァ軍へと進軍した。二人の戦いはめざましく、ユディシュティラも一旦退却を余儀なくされるが、ビーマが凄まじい攻撃を見せてカルナと一進一退の戦いを繰り広げた。さらにアシュヴァッターマンとユディシュティラも戦い、さらにアシュヴァッターマンはアルジュナに挑んだが撃退された。

カルナは最高の弓ヴィジャヤ(「勝利」を意味する)によってパーンダヴァ軍を攻撃し、アルジュナもカルナを倒すことができなかった。そして退却していたユディシュティラにアルジュナとクリシュナは会ったが、そこでカルナの死を確信していたユディシュティラは彼を倒せなかったアルジュナを責め、「ガーンディーヴァ弓をクリシュナに渡してお前が御者となれ」と罵った。

しかしアルジュナは「ガーンディーヴァ弓を他人に譲れ」と言った者の首を斬るという誓いを立てていたため、ユディシュティラに剣を向けた。そしてクリシュナはそのような極端な行為に走ろうとするアルジュナに微妙な法の教えを説いて諫めるのであった。

2　第8巻第49章以降の和訳

以下に上記以降の筆者の和訳を示す。この和訳では、上村訳同様「プーナ批評版」を底本とし、またプーナ批評版テキストで理解し難い場合には「ボンベイ版」テキストを適宜参照し「異本による」という注意書きを付している。一方で上村訳のように省略している箇所はない。読者が物語に何を望むのか、筆者が判断すべきではないと考えるからである。

第49章

〔8.49.25〕アルジュナよ、私はビーシュマによって、または法を知るユディシュティラによって述べられたこの法の秘密をあなたに述べよう。

〔8.49.26〕聞きなさいアルジュナよ、私はあなたに、混血のヴィドゥラによって、あるいは偉大なるクンティーによって述べられた〔この法の秘密を〕真実によって告げよう。

[8.49.27] 真理の言葉は正しく、真理以上のものはない。その真理が完成したものの言葉は真実によっても実に理解し難い。

[8.49.28] 真理は言葉で言わざるべきかもしれず、一方嘘は言葉で言うべきかもしれない。自らの財産をすべて失うようなときには、嘘を言葉で言うこともできる。

[8.49.29] 生命の終わりや結婚のときには、嘘を言葉で言うこともできる。嘘が真実になるとき、真理もまた嘘になるだろう。

[8.49.30] 真理を実践しようとしながら未熟である者は、真理と嘘を区別してから法を知るものとなる。

[8.49.31] 知恵を得てなお極めて残酷である人が、どうして盲目〔の獣〕を殺すことでバラーカのように素晴らしき徳を得ることができようか。

[8.49.32] また、法を望みながら愚かである人が、どうして川〔にいる〕カウシカのように大きな罪を得ることがあろうか。

アルジュナは言った。

[8.49.33] 尊師クリシュナよ、バラーカと盲目〔の獣〕の関係、川とカウシカ〔の関係〕について、私にもわかるようにお話ください。

ヴァースデーヴァ（クリシュナ）は言った。

[8.49.34] アルジュナよ、バラーカという狩人がいた。彼は息子と妻のために望まずして獣を殺していた。

[8.49.35] 彼はどちらも盲目の父母と他の扶養家族を養っていた。自らの法に従い、貪欲にならず、常に真実を語っていた。

[8.49.36] 彼はある時努力して獲物を求めたが見つからなかった。その時、嗅覚を目とする（盲目の）獲物が水を飲んでいるのを見つけた。

[8.49.37] そのような生き物を以前に見たことはなかったが、すぐに彼によって殺された。その後すぐ、空から花の雨が降ってきた。

[8.49.38] アプサラスの歌と楽音による美しい音とともに天の車が狩人を連れ去ろうと空からやってきた。

[8.49.39] アルジュナよ、その生き物は実に他の生き物を滅ぼすために苦行し成果を得て、スヴァヤンブーによって盲目となっていた。

[8.49.40] 他の生き物を滅ぼすことを決心していたその獣を殺して、バラーカは天界に行った。このように法はわかりにくいものである。

[8.49.41] 天啓聖典を多くは知らないカウシカという苦行者のバラモンがいた。彼は村からそう離れ

ていない川の合流地点に住んでいた。

[8.49.42]「私は常に真実を語ろう」というのが彼の誓いであった。アルジュナよ、彼は真実を語るものとしてその頃敬われていた。

[8.49.43] さて、ある者たちがその頃野盗を恐れてその〔カウシカの住む〕森に入った。野盗たちもまた注意深く探しながら、怒りに満ちていた。

[8.49.44] 野盗たちはカウシカに近づいて、真実を語るものである彼に呼びかけた。「尊師よ、多くの人々がどの道を通ったか、真実によって尋ねられたのだから教えて下さい。もし彼らをご覧になったなら教えて下さい」と。

[8.49.45] 尋ねられた彼カウシカは真実の言葉を彼らに言った。「多くの木々と低木との茂ったこの森に入っていった」と。それから彼ら（野盗）は彼ら（逃げた人々）を追って残忍に殺したという。

[8.49.46] この言葉を間違って使うという大きな非法によって、微妙な法を知らないカウシカは恐ろしい地獄に行った。多くの天啓聖典を知らない、愚かな、法の区別を知らないカウシカは。

[8.49.47] アルジュナよ、疑問を年長者に尋ねなければ、大穴に落ちることは確実である。ここにあなたにとってのなんらかの間接的な教えがあるだろう。

[8.49.48] なしがたい最高知は、この場合行為によって得られるかもしれない。ある多くの人々は天啓聖典が法だという。

［8.49.49］しかし私はそれを否定するものではないが、実に全ての人に命ずるものでもない。生けるものたちの幸福のために法の教えはなされた。

［8.49.50］「法を守ることによって」というが、法が人々を守るものである。守ることと結びつくであろうもの、それが法であるというのが正しい。

［8.49.51］不当に捕らえることを望むものたちが求めても、もし喋らなければ逃げられる場合、決して喋るな。

［8.49.52］あるいは喋らざるを得ない場合には喋らなければ疑われる〔だけである〕。その場合真実よりも誤りを言う方が良いと考えられる。

［8.49.53］生命を失うときや結婚のとき、財産を失うときには、〔人は〕すべてを知る。あるいは冗談を言うときには嘘を言うべきこともあろう。そのとき、法の真実の目的を見る者たちは非法を見ない。

［8.49.54］泥棒の束縛から逃れたものは誓いがあっても〔逃れられる〕。その場合、嘘を言うことはよりよい。その〔場合の〕真理は思慮がない。

［8.49.55］たとえ可能であっても彼らに財産を与えるべきではない。たとえ可能であっても決して悪しき者たちに財産を与えるべきではない。したがって、法のために嘘を言ってもそれは嘘の言葉とはならないであろう。

［8.49.56］これがあなたに正しく示された間接的な教えである。アルジュナよ、これを聞いてあなた

はユディシュティラが殺されるべきかどうか述べなさい。

アルジュナは言った。

[8.49.57] クリシュナよ、あなたのこの言葉は、偉大な知恵を持つ者、偉大な思慮を持つ者の言葉に等しく、私達にとって実に有益です。

[8.49.58] あなたは私達にとって母と同じ、父と同じで最高の拠り所です。クリシュナよ、したがってあなたの言葉は素晴らしい。

[8.49.59] 三界においてあなたが知らないことは何一つない。したがって、すべてありのままに、最高の法をお聞かせください。

[8.49.60] 神聖なパーンドゥの王であり法の王たるユディシュティラを私も殺すべきではないと思います。ある約束事に関わる経緯があるので、まさにここで心に留めて言うべきことを聞かせてください。

[8.49.61-62] クリシュナよ、あなたは私の誓いを知っています。誰かが私に人前で「アルジュナよ、ガーンディーヴァを誰か他人に与えろ。あなたよりも武器に卓越したものに」と言うなら、そのような者を私は残酷に殺すでしょう。ビーマも「髭なし」と呼んだものを殺すでしょう。クリシュナよ、かの王は私に目の前で「弓をよこせ」と繰り返し言ったのです。

[8.49.63] クリシュナよ、もし彼を殺してからなら、私はこの世界に僅かな時間もいられないでしょ

う。かの世間に知られた私の誓いは真実でなければならない、法を守るものの中で最高の者よ。クリシュナよ、パーンドゥの長子と私が生きていられるならば、私に今日知恵をお与えください。

クリシュナは言った。

[8.49.64] 王は疲労し傷ついている。カルナとの戦いにおける多くの鋭い矢によって。アルジュナよ、したがって彼はあなたに汚い言葉を浴びせたのである。今日の戦いにおける賭けはカルナにある。

[8.49.65] 彼が殺されればカウラヴァは敗れるだろう。このように偉大なる法の息子は知っていた。不遜たる〔カルナ〕が死ねば人々も死ぬと彼は言うのである。

[8.49.66] かの偉大なるものはあなたとビーマによって、同様に双子によって常に尊敬されている。世間でも、年長者や最も優れた人々によって〔尊敬されている〕。あなたは些事によって彼に不敬を示すべきである。

[8.49.67] アルジュナよ、「陛下」というときに「お前（tvam）」とユディシュティラに言いなさい。「お前」と言われた年長者は殺されるのである。

[8.49.68] アルジュナよ、このように法の王たるユディシュティラに対して振る舞いなさい。このように非法と結びついた行いをなさい、クルの息子よ。

[8.49.69] この天啓の中でも最高の天啓はアタルヴァとアンギラスである。善を求める者たちによって常にこの行いは躊躇なく行われるべきである。

[8.49.70] アルジュナよ、この死は、実に法の王にとってあなたが行ったこのようなこれ(攻撃)とはわからないだろう。それからすぐに彼の両足に敬意を表し、ユディシュティラになだめることを先行した言葉を言うべきである。

[8.49.71] あなたの兄弟は賢く、怒りを生じないだろう。パーンドゥの王はなにもしないだろう。アルジュナよ、偽りと兄殺しから解放されて、御者の息子たるカルナを喜んで殺すがいい。

サンジャヤは言った。

[8.49.72] このようにクリシュナに言われて、アルジュナはこの友人の教えを讃えてから、ユディシュティラにあえて今まで言ったことのない汚い言葉を浴びせた。

[8.49.73] 王よ、人々が叫んでいるときでも叫ぶな。お前は戦場から一クローシャ(牛の鳴き声が聞こえる距離)も離れているべきではない。一方すべての優れた戦士が戦わんとするビーマならば私を罵ることができる。

[8.49.74] 戦いのときに敵を苦しめ、かの大地の王たちを殺して切り刻み、一〇〇〇を超える象を殺し、獰猛な獅子の声をあげた彼なら。

[8.49.75] かの英雄は、お前には決してできない極めて困難なことをなしている。戦車から飛び降り、

メイスを振りかざして、人間や馬や象を戦場で殺している。

[8.49.76] 剣によってインドラの戦車、馬、象を殺し、同様に戦車の部品や弓によって敵を殺している。両足で敵を殺し、さらに両腕で一〇〇の獰猛な敵を凌駕した。

[8.49.77] クベーラやヤマにも似た偉大な力を持つ彼は同様に二〇〇の敵を残虐に殺した。かのビーマならば私を罵ることができるが、常に友人たちに守られているお前にはできない。

[8.49.78] 大戦車と蛇の軍勢を倒し、歩兵をも殺して、ビーマは一人でドリタラーシュトラ〔陣営〕の奥深くにいる。かの英雄ならば私を責めることができる。

[8.49.79] カリンガ、ヴァンガ、アナンガ、ニシャーダ、マガダを倒し、常に怒り狂う多くの象を倒した、幾度も敵軍を殺すもの、彼であれば罪なく私を責めることができる。

[8.49.80] 適切な戦車に乗り、適切な時に手一杯に矢を引き、この英雄は矢の雨を大きな戦いにおいて雨を降らせる雲のごとくに作り出す。

[8.49.81] 一方、智者たちは再生族の最上のもの（バラモン）の力は言葉にあり、クシャトリヤのそれは腕力にあると言う。ユディシュティラよ、お前は言葉の力を持つが粗野である。私がどのような者かはお前こそが知っていよう。

[8.49.82] 私は常にお前によくしようとしている。妻によって、息子によって、生命によって、自分によって。このようにお前は言葉の矢によって私を殺す。お前から私達はいかなる善も見ることがない。

[8.49.83] お前のために私は多くの戦車を倒したのに、お前はドラウパディーの寝台に座って私を侮辱した。ユディシュティラよ、したがってお前は疑いなく粗野であり、お前から私はいかなる善も知ることがない。

[8.49.84] 真実をもって自らの死について述べた彼は、戦いにおけるお前の幸福のために、かの偉大な魂を持つドラウパディーの息子シカンディンたる英雄、私の守る彼によって殺された。

[8.49.85] 私はお前の王位を喜ばない。なぜならお前は賭け事で良くないことに没頭しているからだ。自ら野蛮なものが行うような罪をなしながら、私達が戦いに勝つことを望んでいる。

[8.49.86] お前はサハデーヴァが述べた賭け事の多くの法に背いた罪を聞いていた。その不正で卑しいものをお前は乗り越えようとしていない。それがすべてが地獄に至るゆえんである。

[8.49.87] お前が賭け事によって自ら王位の崩壊をもたらしたとき、王よ、お前から悲劇が生じたのである。王よ、幸福の少ない私達を残酷な言葉の鞭によって打つな。

[8.49.88] アルジュナはこの厳しい言葉を落ち着いた賢明なる者に聞かせたが、〔それは自分で〕作ったものだった。神の王の息子は同時に憂いなく深く息を吐きながら剣を抜いた。

[8.49.89] クリシュナはアルジュナに言った。「なぜあなたはまた剣を空のごとくむき出しにしているのか。あなたは最高の真実を指示に基づいて言った。私は目的の達成のために言葉を伝えよう」と。

[8.49.90] このようにクリシュナに言われて、苦しむアルジュナはクリシュナにこのように言った。

「私は自らの身体をこそ殺すでしょう。残酷に不法をなした者によって」と。

[8.49.91] アルジュナのこの言葉を聞いて、正しき者の最上の者たるクリシュナはアルジュナに言った。「アルジュナよ、あなたはここで自分で自らの美徳を述べよ。自らの意志が今ここにあるように」と。

[8.49.92] 「そのようにします、クリシュナよ」と喜んで答えて、アルジュナは弓を下げて、正しき者の最上のものであるユディシュティラに言った。「王よ聞きなさい」と。

[8.49.93] ユディシュティラよ、ピナーカを持つ神（シヴァ）以外に私の如き射手はいません。実に私はかの偉大な魂を持つ者に認められ、瞬時に動くもの・動かざるものの世界を滅ぼすことができるのです。

[8.49.94] 王よ、私は全ての方角の王を征服しましたが、すべては陛下の望みのためです。陛下の、かの完成された南の聖なる火によるラージャスーヤと神殿は、私の力です。

[8.49.95] 私のこの両腕には、削られた矢の印と戦いにおいて弦を張られた弓と矢があります。両足には矢と旗があります。私のように戦いを進められる者はいません。

[8.49.96] 北の者は殺され、西の者は倒され、東の者は滅ぼされ、南の者は皆殺しにされました。若干の敗残兵が残るのみです。すべての戦士の半分は私が殺しました。

[8.49.97] 王よ、私に倒されて、神の軍勢にも似たバーラタの軍勢は倒れています。武器を知らぬ者を私が武器で殺しました。したがってこの世界を私は灰にはしません。

[8.49.98] アルジュナはこのように言ってから、ふたたび正しき者の最上のものであるユディシュティラに言った。「王よ、彼によってラーダーが息子のない身となるか、クンティーが私によって〔息子のない身となるかのどちらかです〕。この法を知ってください。王よ、喜んでください、そして私を許してください。私の言ったことを陛下はまもなく知ることとなります。私はあなたに敬意を表します」と。

[8.49.99] 敵に耐えうる王を喜ばせてから、この許された者は立ち上がって言った。「私はビーマを戦場から救うために、全身全霊で御者の息子（カルナ）を殺すために行きます。

[8.49.100] 私の命は陛下の喜びのためにあります。王よ、私は真実を言っています。それを理解してください」と。両足に敬礼してから、立ち上がった光り輝く冠をつけたアルジュナはこのように言った。「時間がありません。急がないと。かの者はやってくる。私は彼のところに行きます」と。

[8.49.101] パーンドゥの法の王は、弟アルジュナのこの辛辣な言葉を聞いて、かの寝台から立ち上がって、アルジュナに苦しみに満ちた心持ちで言った。

[8.49.102] アルジュナよ、私のしたことはそのとおり正しくない。そのことで我々の敗北はひどいことになった。だから今日一族を破滅に導く最悪の人間である私の首を切れ。

[8.49.103] 罪人であり、罪の道にはまり、愚かで、怠惰で、臆病な、年長者を敬わず、粗野な私の首を切れ。お前はなぜ長い間私のような残酷な者に従っていたのか。

[8.49.104] 罪人である私は今日森に行こう。お前は私なしに幸福に生きなさい。偉大な魂のビーマこそが王にふさわしい。臆病な私が王位にあって何ができよう。

[8.49.105] さらに、私は怒りに満ちたお前の辛辣な言葉に耐えられない。私の生命をもってビーマを王とせよ。今日軽蔑されたものに何ができようか、英雄よ。

[8.49.106] このように言ってから、王は突然立ち上がってかの寝台を離れ、森へ行くことを望んだ。クリシュナは腰を折って言った。

[8.49.107] 王よ、ガーンディーヴァという弓についてあなたは知っている。ガーンディーヴァに向けられた真実の誓いをあなたは聞いている。

[8.49.108]「お前は他人にガーンディーヴァを与えよ」とこのようにこの世で言った者は、彼に殺される。そしてそのようなことを言ったのはあなただ。

[8.49.109] したがって、かの真実の誓いを守るために、アルジュナは私の意志によってあなたにこの非難をなしたのである、偉大な主よ。目上の者への非難は殺人であると言われている。

[8.49.110] したがって、偉大な主よ、あなたは私とアルジュナ両方のこの罪を、王よ、アルジュナのために許し給え。

[8.49.111] 大王よ、私達二人ともにあなたに心から従うものである。王よ、腰を折る私の願いによって、あなたは私を許すことができる。

[8.49.112] 今日罪人カルナの血を大地は飲むであろう。私はたしかに誓う、今日御者の息子（カルナ）

の死をあなたが見ることを。あなたがその死を望む者が今日人生の最後を迎える。

[8.49.113] このようなクリシュナの言葉を聞いて、法の王ユディシュティラは即座に急いでクリシュナを立ち上がらせ、腰を折り、合掌して以下のように言った。

[8.49.114] あなたが言ったとおりである。私には侮辱の罪がある。クリシュナよ、私は今や目覚め救われた、クリシュナよ。私達は今やあなたによって恐ろしい破滅から解放された、クリシュナよ。

[8.49.115] 無知により愚かだった私達二人は、あなたを主と仰いで、恐ろしい破滅の海から出ることができた。

[8.49.116] 無知なる私達はあなたをいと賢き者と仰いで、苦しみと憂いの海からあなたによって救われた。私達には主がいる、クリシュナよ。

第50章

サンジャヤは言った。

[8.50.1] このようなクリシュナの言葉に基づいてユディシュティラを傷つけて、アルジュナはなんらかの罪を犯したかのように落ち込んでいた。

［8.50.2］そこでクリシュナはアルジュナに微笑むかのように言った。「アルジュナよ、どうしたのだ。あなたは鋭い武器で法に従う法の息子を殺しでもしたのか？

［8.50.3］「お前」と王に言っただけでそのような憂鬱が［あなたを］支配している。アルジュナよ、一方王を殺していたら、その後どうするつもりだったのか。このように法は特に愚かなものには難しい。

［8.50.4］法を恐れることで必ずや大きな苦しみがあなたには生じていただろう。また兄殺しによって苦しみの地獄に落ちただろう。

［8.50.5］あなたは法を保つ王の中で最も優れた、法を守るクルの最上のものを宥めなさい。それは私の望みでもある。

［8.50.6］諸王への信愛によって愛されたユディシュティラをこそ宥めてから、御者の息子の戦車に向かって戦いに行こう。

［8.50.7］無敵のカルナを鋭い矢によって滅ぼして、あなたは今日大きな喜びを法の息子に与えるだろう、名誉を与える者よ。

［8.50.8］大王よ、これがこの時期にふさわしい私の望みである。そのようになしたとき、あなたの目的は結果となるだろう。」

［8.50.9］それから大王よ、アルジュナは恥じて法の王の両足に頭で触れたのである、クリシュナよ。

［8.50.10］彼はバラタの王に繰り返し「喜んでください」と言った。「王よ、法を望み恐れから私が

言ったことを許してください」とも。

[8.50.11] 法の王ユディシュティラは、足元に伏して泣く敵を滅ぼす者たるアルジュナを見て、バラタの牡牛よ、

[8.50.12] 法の王ユディシュティラは弟アルジュナを愛をもって立たせて元気づけ、王は泣いた。

[8.50.13] 長い間泣いてから、光り輝く人中の虎たる二人の兄弟は、すっきりして元気になった。

[8.50.14] それから、愛をもってアルジュナを元気づけて、彼は頭の匂いを嗅いだ。そして最高の喜びを持って笑いながらジャヤ（アルジュナ）に言った。

[8.50.15] 私の英雄よ、カルナによってすべての兵士のみるところで、鎧も、旗も、弓も投げ矢も、馬も、メイス（棍棒）も、全力の戦いにおいて矢でなで斬りにされた。

[8.50.16] 私はそれを知り、戦いにおける彼の行いを見て、アルジュナよ、苦しみに沈み、私の人生に喜びはない。

[8.50.17] 英雄よ、もし今日あなたがかのカルナを殺せなければ、私は生気を失うだろう。私の人生の目的はなんとなるのか。

[8.50.18] バラタの牡牛よ、このように言われてアルジュナは答えた。「王よ、真実をもって私はあなたに誓う。あなたの厚意によって。ビーマによって、双子によって。偉大なる主よ。

[8.50.19] 今日私が戦いにおいてカルナを殺すか、私が殺され大地に倒れるかどちらかだと。真実をもって武器に触れます」と。

〔8.50.20〕このように王に言ってから、アルジュナはクリシュナに向かって言った。「クリシュナよ、私が今日カルナを戦場で殺すことに疑いはありません。かの邪悪な魂のものの死はあなたの恩寵が可能にするでしょう」と。

〔8.50.21〕このように言われて、最上の王たるクリシュナはアルジュナに言った。「バラタの最上なる者よ、私は全力で努力することができる。

〔8.50.22〕それは常に私の望みでもある、偉大な英雄よ。あなたはどのように戦いでカルナを倒すのか、私に教えなさい」と。

〔8.50.23〕知恵あるクリシュナは、ふたたび法の息子ユディシュティラに言った。「ユディシュティラよ、あなたはこのアルジュナを慰めることができる。また邪悪なカルナの死を今日促すことができる。

〔8.50.24〕実に、この者と私は、あなたがカルナの矢に苦しんだのを聞いて、知らせを伝えにここに来たのである、パーンドゥの息子よ。

〔8.50.25〕王よ、あなたは幸運によってもはや健康であり、幸運にも捕まってもいない。あなたのアルジュナを慰め、彼に望め、罪なき者よ。」

ユディシュティラは言った。

〔8.50.26〕パールタよ、アルジュナよ、来なさい、来なさい、私を抱擁してくれ、パーンドゥの息子

よ。私は言われるべき正しくないことをあなたに言われたのだ。私はそのことを許した。

[8.50.27] アルジュナよ、私はあなたに命じる。カルナを殺せ、と。アルジュナよ、私の言った汚い言葉に怒ってはならない。

サンジャヤは言った。

[8.50.28] それからアルジュナは王に頭を下げて、長兄の両足を両手で掴んだのである、父よ。

[8.50.29] それから王はアルジュナを立ち上がらせ、強く抱擁して、頭の匂いを嗅いで、この言葉を再び言ったのである。

[8.50.30] アルジュナよ、英雄よ、私はあなたに強く誇られた。さらなる永遠の栄光と勝利を得よ。

アルジュナは言った。

[8.50.31] 今日私はかの罪を犯す、力を誇るカルナに近づいて、彼に従う者とともに、戦場で武器によって終わりに導きます。

[8.50.32] 強い弓を引いてあなたを矢で傷つけたかの行いをしたカルナは、今日その恐ろしい結果を得ることになるでしょう。

[8.50.33] 王よ、私は今日カルナを殺してから、あなたを敬うために厳しい戦場から戻ることを確かに誓います。

〔8.50.34〕私は今日カルナを殺せない限り戦場から戻らないとたしかにあなたの両足に触れます、世界の王よ。

サンジャヤは言った。

〔8.50.35〕心から喜んで法の王を喜ばせてから、カルナを殺す準備のできたアルジュナはクリシュナに言った。

〔8.50.36〕より多くの戦車を準備し、優れた馬をつないでください。すべての武器を大きな戦車に搭載してください。

〔8.50.37〕馬は地面に寝転び、馬丁たちに訓練されています。急いですべての戦車の装備を持ってきてください。

〔8.50.38〕王よ、このように偉大なる魂のアルジュナに言われたクリシュナは、ダールカに「全て言われたとおりにせよ」と命じた。

〔8.50.39〕偉大なる王よ、一方クリシュナに命じられたダールカは、虎の皮で装飾され敵を燃やす戦車を馬につないだ。

〔8.50.40〕偉大なる魂のダールカによって繋がれた戦車を立たせて、法の王に別れを告げて、バラモンたちに別れを告げて、幸運の祭式を執り行わせて、最上の戦車に乗り込んだ。

〔8.50.41〕王よ、偉大なる知恵の法の王ユディシュティラは、アルジュナに祝福を与えた。最高の祝

福を受けたアルジュナはカルナを殺しに向かった。
[8.50.42] バーラタよ、あらゆる生き物は、進む偉大な射手を見て、偉大なる魂のアルジュナによってカルナは殺されたと思った。
[8.50.43] 王よ、すべての方角は完全に明るくなった。人の支配者よ、アオカケスと孔雀とシギがそのときアルジュナの周囲を囲んだ。
[8.50.44] 王よ、多くのプンという名の美しい吉祥の鳥たちがアルジュナを戦場へ急がせながら喜んだ様子で鳴いていた。
[8.50.45] 人の主よ、恐ろしいサギとハゲタカとヴァダとカラスが、食べ物への欲から彼に先立って行った。
[8.50.46] そしてアルジュナの吉祥の原因たちが、敵兵が倒れカルナが死ぬことを予言した。
[8.50.47] そのとき、進むアルジュナを、ひどい汗が覆った。そしていかにこれ（誓い）をなすべきかという心配が生じた。
[8.50.48] そこでクリシュナは、そのとき怖れ、心配に襲われたガーンディーヴァの射手を見て、アルジュナに言った。
[8.50.49] ガーンディーヴァの射手よ、あなたが戦いにおいて弓で打ち勝った者たちの中に、あなたに打ち勝てる者はあなた以外にいない。
[8.50.50] 実に、戦場であなたという英雄に到達して最上の道をゆくシャクラと同等に英雄的な多く

の戦士たちがいた。

[8.50.51-52] 王よ、実に、ドローナとビーシュマとバガダッタ、アヴァンティのヴィンダとアヌヴィンダ、カンボージャのスダクシャナ、偉大な英雄シュルターユシャ、アチュターユシャに遭遇して、あなたのように安全であろう者はだれもいない。

[8.50.53] あなたには神の武器があり、健康と力がある。アルジュナよ、あなたには見識と守護と印と武装があり、戦場における冷静さと知識による謙虚さがある。

[8.50.54] あなたは、すべての動くものも動かないものも、神も悪魔も殺せるだろう。アルジュナよ、地上の戦場においてあなたと同等の人間の戦士はいない。

[8.50.55] 戦場において傲慢なクシャトリヤの弓の使い手の中で、神々の中でも、あなたに匹敵する者は見たことも聞いたこともない。

[8.50.56] 素晴らしきガーンディーヴァは創造主ブラフマンが創ったものであり、アルジュナよ、それであなたは戦うのだから、あなたに匹敵する者はいないのだ。

[8.50.57] しかしアルジュナよ、私は必ずやあなたの利益になることを言わねばならない。偉大な英雄よ、戦場で輝くカルナを見くびってはならない。

[8.50.58] 実にカルナは強く、残忍で、武装していて、偉大な戦車に乗っている。彼は幸運で戦いに長け、場所にも時間にも通じている。

[8.50.59] 熱においては火にも似て、速さにおいては風の速度に匹敵する。怒れば死をもたらす、獅

子の身体を持つ強者である。

[8.50.60] 彼の肘は強力であり、彼は最強で、無敵で、測り難き英雄であり、見た目に優れた戦士である。

[8.50.61] あらゆる戦いにおける美徳を備え、友軍の恐れを除き、ドリタラーシュトラの子にふさわしく常にパーンドゥの子を憎んでいる。

[8.50.62] カルナは、あなた以外にすべての神々にもヴァーサヴァ（インドラ）によっても殺せないというのが私の考えだ。あなたは今日カルナを殺さねばならない。

[8.50.63] よく準備した神々でも、戦いにおいて、血と肉を備えたものは勝つことができない。全員で束になってかかっても。

[8.50.64] 常にパーンドゥの子らに邪悪な魂を持ち、罪を心に持ち、残酷で、残忍な知恵を持ち、矮小な自らの目的を持つカルナを今日戦いにおいてパーンダヴァの子らで殺すことは、あなたにとって目的に叶う。

[8.50.65] 罪人ドゥルヨーダナが自らを英雄と考える、その諸々の罪の根本であるカルナに今日勝ちなさい、アルジュナよ。

POSTCARD

川尻道哉〈著〉

カルナとアルジュナ

『マハーバーラタ』の英雄譚を読む

महाभारतम्

第51章

サンジャヤは言った。

［8.51.1］人知を超えた魂を持つクリシュナは、それから再びアルジュナに言った。戦いでカルナを殺すことに全面的に目的を集中して。

［8.51.2］バーラタよ、今日は人と象と馬たちの、恐ろしい死のその時の十七日目である。

［8.51.3］人の王よ、あなたに属する者たちの軍勢は大きかったが、他の者達とともに戦場に至って、どれほど残るだろうか。

［8.51.4］アルジュナよ、カウラヴァにも多くの象と馬がいたが、あなたという敵に遭遇して、前線で全滅した。

［8.51.5］これらすべてのパンチャーラとスリンジャヤは、協力して、パーンダヴァとともに、近寄りがたいあなたに遭遇して、形勢を立て直した。

［8.51.6］敵軍を滅ぼすあなたに守られたパンチャーラ、パーンダヴァ、マツヤ、カールーシャ、チェーディ、ケーカヤのものたちによって敵は倒された。

［8.51.7］主よ、戦いにおいて集結したカウラヴァに誰が勝てるだろうか。他の戦いにおいて、あな

たに守られたパーンダヴァの英雄たちに〔誰が勝てるだろうか〕。

[8.51.8] 実にあなたこそが、戦いにおいて、神と悪魔と人間の三界の集まりに勝つことができる。ではカウラヴァの力にはどうか。

[8.51.9] ヴァーサヴァに最も近いであろうあなたを除いて誰がバガダッタ王に勝てるだろうか、人中の虎よ。

[8.51.10] 罪なきアルジュナよ、同様に、あなたに守られたこの大軍を、パールティヴァ全てでも目で見ることもできない。

[8.51.11] 全く同様に、アルジュナよ、戦いにおいて常にあなたに守られたドリシュタデュムナとシカンディンによってビーシュマとドローナは敗れた。

[8.51.12] アルジュナよ、実に、戦いにおいて、パンチャーラの英雄である、インドラに等しい力を持ったビーシュマとドローナと戦って誰が勝てるというのか。

[8.51.13-14] 実に、戦いにおいて、ビーシュマ、ドローナ、カルナ、クリパ、アシュヴァッターマン、ブーリシュラヴァス、クリタヴァルマン、サウンダヴァ、マドララージャ、ドゥルヨーダナ王その人と、すべての武装した彼らに従う英雄たちと、恐ろしいアクシャウヒニーの王たちと、興奮した戦いに酔った者たちに、誰が〔勝てるというのか〕。

[8.51.15] そして多くの馬と戦車と象の軍団が倒され、怒れるクシャトリヤたちの恐ろしい多くの人々が〔倒された〕。

[8.51.16-17] バーラタよ、誇り高きゴーヴァーサ、ダーサミーヤの、ヴァサーティの、ヴラートヤたちの、ヴァータダーナの、ボージャナのバラモンとクシャトリヤの興奮した馬と戦車と象の大軍があなたに遭遇して倒された。

[8.51.18-19] 興奮して残忍な行いのトゥカーラ、ヤヴァナ、カシャ、ダールヴァービシャーラ、シャカ、ラマタとタンガナ、アンドラカ、プリンダ、キラータの怒れる英雄たち、ムレッチャ(野蛮人)、山に住む者たち、海辺に住む者たちは、興奮して戦いに酔い、強く、手を結んでいた。

[8.51.20] これらの者たちはドゥルヨーダナのためにクルと協力していた。英雄よ、あなた以外に戦いで勝てるものはいない。

[8.51.21] 実に、ドリタラーシュトラの子らの強い軍勢を見て、あなたが守っていないもののどのものが進むことができようか。

[8.51.22] 飲み込まれた海のようにかの埃に覆われた軍勢は、あなたに守られた怒れるパーンダヴァによって、ばらばらになって殺された。王よ。

[8.51.23] マガダの英雄王ジャヤットセーナがアビマニュに戦いで殺された、今日は七日目である。

[8.51.24] それから、かの王を守るために、強力な象が一万頭、ビーマによって殺された。それから他の象と戦車も何百と殺された。

[8.51.25] 王よ、このように今行われている恐ろしい戦いであなたとビーマセーナに遭遇して、パー

ンドゥの子よ、カウラヴァの馬と戦車と象は冥界に行った。
[8.51.26] アルジュナよ、このように、一軍がパーンダヴァに倒され、ビーシュマは矢の雨を放ったのだ、王よ。
[8.51.27] 強力な武器を知る彼はチェーディ、カーシー、パンチャーラ、カルーシャ、マツヤ、ケーカヤを矢で覆って、死へと導いたのである。
[8.51.28] 彼の放った、金色の羽の蛇の形をとった矢で、空は満たされた。
[8.51.29] 十日が過ぎて、彼は馬と戦車と象を殺した。殺してから九日間を費やして、強力な彼は矢を放った。
[8.51.30] 十日間、パーンダヴァの戦士を葬ったビーシュマは、戦車の座席を空にし、象と馬を殺した。
[8.51.31] 自分の姿が戦いにおけるルドラやウペーンドラ（ヴィシュヌ）のように見えて、パーンダヴァの兵士たちに深く分け入って皆殺しにした。
[8.51.32] 大地の王たるチェーディ、パンチャーラ、ケーカヤを殺しながら、パーンドゥの者たちを殺し、愚かなドゥルヨーダナを救わんとした。
[8.51.33] 海に沈む愚かなドゥルヨーダナを救わんとした。太陽のように光り輝いてそのように戦場を歩く彼を、スリンジャヤも他の王たちも見ることもできなかった。
[8.51.34] 一方、戦場でそのように勝者として振る舞う彼を、パーンダヴァの者たちはあらゆる努力

を持って攻撃しようとした。

［8.51.35］しかしビーシュマは戦場でパーンダヴァもスリンジャヤも倒し、ただ一人戦場の英雄の地位に到達した。

［8.51.36］かの英雄に遭遇したあなたに守られたシカンディンは、多くの部分をつなげた矢によって人中の虎を殺した。

［8.51.37］かの祖父は、人中の虎よ、あなたを得て、カラスを得たハゲタカのように、落ちた矢でできた寝台に倒れた。

［8.51.38-39］怒れるドローナは、五日間敵軍を倒してから、軍を形成して戦車隊を大戦場に進ませ、かの英雄はジャヤッドラタを戦場で守ってから、死をもたらす者は夜戦で人々を殺した。

［8.51.40］二日目に「今日だ」と強き英雄ドローナはドリシュタデュムナに遭遇して最高の道（死）に達した。

［8.51.41］もし戦場で他の御者の息子が率いる戦車隊をあなたが見ていなかったら、ドローナが死ぬことはなかっただろう。

［8.51.42］しかしすべてのドリタラーシュトラの軍はあなたが注意していた。したがってドローナは戦場でパールシャタに殺されたのだ、アルジュナよ。

［8.51.43］アルジュナよ、戦場であなた以外のどのクシャトリヤが、あなたのようにジャヤッドラタを殺すことに向かえるだろうか。

[8.51.44] 大軍に注意して勇敢な王たちを殺し、ジャヤッドラタ王は、武器の強い鋭さをもってあなたに殺された。

[8.51.45] 王たちはシンドゥの王を殺した者を素晴らしいと考えているが、あなた以外に素晴らしいものはない。アルジュナよ、あなたこそが英雄だ。

[8.51.46] アルジュナよ、戦場であなたを得て一日苦しんでいるクシャトリヤはバラバラではないというのが私の考えだ。

[8.51.47] アルジュナよ、かの怒れるドリタラーシュトラの軍隊は、ビーシュマとドローナが殺されたときすべての英雄が戦いで殺された。

[8.51.48] 今日最高の戦争指導者を失って、馬と人間と象を殺され、バーラタは太陽と月と星がない天空のように見える。

[8.51.49] アルジュナよ、この軍隊は、ビーマに戦いで敗れたことで滅ぼされた。軍勢はシャクラの力の前の悪魔の軍勢のようだ。

[8.51.50] しかし彼らには殺されずに残った五人の偉大な戦士がいる。アシュヴァッターマン、クリタヴァルマン、カルナ、シャルヤ、クリパである。

[8.51.51] 人中の虎よ、あなたは今日かの五人の英雄を殺して、敵を殺した者となり、王に、島と街を持つ大地を捧げよ。

[8.51.52] 空と海とその下にある土地とを持ち、山と大きな森とを持つ大地を、今日測り難い武勇と

聖性を持つ王に得さしめよ、アルジュナよ。
[8.51.53] かつてヴィシュヌがダイテーヤとダーナヴァを殺したように彼らを殺し、ハリがシャクラにしたように、王に大地を捧げよ。
[8.51.54] 今日あなたに敵を殺されて、パンチャーラは、ヴィシュヌにダーナヴァたちを殺された神々のように喜ぶはずである。
[8.51.55] 人間の中で最上の者よ、年長者であるドローナを敬うあなたにとっては、アシュヴァッターマンには同情があり、クリパには年長の師としての〔同情がある〕。
[8.51.56] あるいは、あなたが最年長者を兄弟の親類と考えるなら、私がクリタヴァルマンに遭遇しても死者の国へは送らないだろう。
[8.51.57] もしあなたが母親の兄であるマドラの王シャルヤに遭遇しても、蓮の〔ように美しい〕目を持つものよ、同情をもって殺さないだろう。
[8.51.58] この、パーンダヴァに極めて矮小で悪しき心を持つカルナを、人の中で最上のものよ、今日すぐに鋭い武器で殺せ。
[8.51.59] それは善業であり、この世でいかなる悪業とも結びつかない。我々もそれを知っている。この世でいかなる罪もない。
[8.51.60] 罪なき者よ、あなたの母を夜に息子たちとともに焼いたときにも、ドゥルヨーダナが賭け事のために我々に近づいたときにも、悪しき魂のカルナこそがあらゆる場合にその根本な

のである、アルジュナよ。
[8.51.61] 実に、ドゥルヨーダナは常にカルナによる解放を望んでいる。したがって、怒れる者は私をも苦しめ始めた。
[8.51.62] 人中のインドラたるドリタラーシュトラの息子の不動の信念である、アルジュナよ。カルナが戦いで疑いなくすべてのパールタを殺すだろうというのは。
[8.51.63] アルジュナよ、ドリタラーシュトラの息子はカルナに頼って、あなたの武勇を知ってなお、あなたとの戦いを選んだ。
[8.51.64] 実にカルナはいつも言っている。「私は大戦において、集まったパーラタを、王を持つヴァースデーヴァを倒すだろう」と。
[8.51.65] 邪悪な魂を持つドリタラーシュトラの息子を励起しつつ、邪悪な考えを持つカルナは戦いにおいて叫ぶ。今日彼を殺せ、バーラタよ。
[8.51.66] ドリタラーシュトラの息子が我々に罪をなしたとき、あらゆるときに邪悪な魂を持ち罪を心に有したカルナが先頭である。
[8.51.67] ドリタラーシュトラの六人の恐ろしい偉大な戦車乗りに、勇敢な牡牛の目を持つスバドラーの息子が殺されたのを私は見た。
[8.51.68] ドローナ、ドラウニ、クリパといった偉大な戦車乗りたちをすりつぶし、象の乗り手を奪い、戦車から乗り手を奪った。

［8.51.69］馬から騎手を奪い、歩兵から武器と命を奪う牡牛の首を持つもの（アビマニュ）をクルとヴリシュニの栄光をなすものとした。

［8.51.70］軍勢を打ち破り、偉大な戦車乗りたちを恐れさせ、人間と馬と象を死の国に送った。

［8.51.71］武装し軍隊を燃やすかのように〔打ち破る〕かのアビマニュに、友よ、正直に言って、私の全身は燃えている。

［8.51.72］その場合にも、邪悪な魂を持つカルナは、王よ、攻撃したのであるが、カルナはアビマニュの軍勢の前で立っていることはできなかった。

［8.51.73］スバドラーの子の矢に貫かれて血に塗れ正気を失って、息もできず、怒りに燃えて矢に打たれた彼は敗走した。

［8.51.74］逃げ帰ることを望み人生をも諦めた彼は、完全に混乱して、傷から生じた消耗で、戦場にとどまった。

［8.51.75］ちょうどその時、戦場でカルナはドローナの残酷な言葉を聞いて、矢を叩き折った。

［8.51.76］それから、戦場で五人の偉大な戦士がカルナによって武器を失ったアビマニュを、矢の雨で倒した。彼こそが邪悪な知恵者である。

［8.51.77］カルナが、皆のいる前で、パーンダヴァとクルの目前でクリシュナに言った残酷で人でなしな言葉は〔このようであった〕。

［8.51.78］クリシュナよ、パーンダヴァは倒れた。永遠の地獄に行った。大きな尻を持つものよ、わ

ずかしか語らないものよ、他の主のところに行け。
[8.51.79] 三日月の如き眉のものよ、ドリタラーシュトラの奴隷となって、彼のところに行け。長いまつげを持つものよ、お前の主人たちはいない。
[8.51.80] こう言って、そのとき非法を知り最悪の邪悪な魂を持つ罪人カルナは、かくも罪深い言葉をあなたに聞かせたのである、バーラタよ。
[8.51.81] かの罪人のその言葉を、あなたの美しく装飾し石で研いだ命をも刈り取る矢で黙らせよ。
[8.51.82] 邪悪な魂を持つものがあなたになしたその他の罪も、今日かのものの命とともに、あなたの矢で黙らせよ。
[8.51.83] 今日ガーンディーヴァから放たれた恐ろしい矢に体で触れて、邪悪なカルナはドローナとビーシュマの言葉を思い出すだろう。
[8.51.84] あなたの放つ美しい矢羽の矢は、敵を倒す稲光であり、彼の急所を貫いて血をすするだろう。
[8.51.85] あなたの腕から放たれた怒れる冷たい高速の矢は、急所を貫いて今日カルナを死の国に導くだろう。
[8.51.86] 今日、あなたの矢に傷つき叫ぶことなどで恐れる地上の王たちは、戦車から落ちるカルナを見るだろう。
[8.51.87] 今日、良き心を持つ親族たちは、自らの血に溺れ、大地に落ち、武器を取り落したカルナ

を見るだろう。
[8.51.88] 彼の大きな虎があなたの矢で倒され旗が震えるカルナを地面に落とせ。
[8.51.89] あなたの一〇〇の矢で切り刻まれた金で飾られた殺された戦士の乗る戦車を見て、シャルヤは恐れて逃げ去るだろう。
[8.51.90] それからドゥルヨーダナはカルナがあなたに殺されたのを見て、今日人生と王位に絶望するだろう。
[8.51.91] バーラタで最上のものよ、このパンチャーラは、カルナの冷たい矢で殺されながらも、殺到してパーンダヴァを救おうとするだろう。
[8.51.92-93] パンチャーラ、ドラウパディーの子たち、ドリシュタデュムナとシカンディン、ドリシュタデュムナの息子たち、シャターニーカとナクラの子ら、ナクラ、サハデーヴァ、ドゥルムカ、ジャナメージャヤ、スヴァルマーナ、サートヤキを、カルナが相対したものと知れ。
[8.51.94] 大戦においてカルナによって殺されたパンチャーラの、そしてその親族の怒りの声が聞こえる、英雄よ。
[8.51.95] しかし、パンチャーラは恐れず、まったく顔を背けようともしないだろう。偉大な射手たち、英雄たちは、死を考慮しなかった。
[8.51.96] 一人でパーンダヴァの軍を矢の洪水で包囲したビーシュマに遭遇しても、パンチャーラは

顔を背けなかった。
[8.51.97-98] 同様に、武器の炎を燃やす、すべての弓に通じた智者であり、敵を燃やす無敵のドローナに対しても、かの敵に勝つ者たちは、力によって戦いで常に敵に勝とうと準備していた。かのパンチャーラは、カルナを恐れて顔を背けることはないだろう。
[8.51.99] 彼ら近づく勇敢なパンチャーラの命を、勇猛なカルナは矢によって奪った。鳥の〔命を奪う〕火のように。
[8.51.100] そのように正面を向いた勇敢な味方のために命を捨てた一〇〇人のパンチャーラを、戦場においてカルナは殺している。
[8.51.101] 実に、カルナが最上の聖仙たるバールガヴァのラーマからかつて得た恐ろしい武器の姿が見えている。
[8.51.102] すべての兵士を燃やす、残酷で恐ろしい姿〔の武器〕は大軍を包囲してそれ自体の力で燃えている。
[8.51.103] このカルナの弓から放たれた矢は蜂の群れのようにあなたの〔兵士〕を燃やしながら戦場を飛ぶ。
[8.51.104] このパンチャーラは戦場でカルナの矢を受け、我を失った者たちでは抵抗できず、あらゆる方角に飛ぶ、バーラタよ。
[8.51.105] アルジュナよ、この強く怒ったビーマも、スリンジャヤに完全に包囲され、カルナと戦い、

鋭い矢によって傷ついた。

[8.51.106] アルジュナよ、パーンダヴァ、スリンジャヤ、パンチャーラをも、身中に広がった病気のようにカルナは殺すだろう。

[8.51.107] 私は、あなた以外に、カルナと遭遇してなお安全に戻ってくる戦士を、ユディシュティラの軍に見ることはない。

[8.51.108] バラタの牡牛よ、今日彼を鋭い矢で殺して、アルジュナよ、誓いの通りになして、名声を得るだろう。

[8.51.109] あなたは戦いでカルナのいるカウラヴァに勝つことができる。最上の者よ、他の者は戦いで勝つことはできない。このことをたしかに私はあなたに伝える。

[8.51.110] この偉大な行いをなし、偉大な戦士カルナを殺し、目的を達成し、報果を得て幸福となれ、アルジュナよ、人の中で最上の者よ。

第52章

サンジャヤは言った。

[8.52.1] バーラタよ、かのアルジュナはクリシュナの言葉を聞いて、すぐに憂いを捨ててとても喜ん

で満足した。

[8.52.2] それから射手は弦を撫で、カルナを地獄にいざなうためにガーンディーヴァを引き、クリシュナに言った。

[8.52.3] クリシュナよ、あなたの守護によって、この勝利が私のものであるとはっきりしました。主よ、あなたが過去も未来も私とともにいてくださることは今日の私の喜びです。

[8.52.4] クリシュナよ、実にあなたがともにいてくださることで、私は三界の集まりをも手にするでしょう。大戦において、単一世界のカルナがいかほどのものでしょうか。

[8.52.5] ジャナールダナよ、私はパンチャーラの軍勢が吹き飛ぶのを見ています。戦場でカルナが恐れを知らず振る舞っているのを見ています。

[8.52.6] クリシュナよ、パラシュラーマの武器がカルナに放たれて、シャクラが大弓を射るように、一斉に奔るのを見ています。

[8.52.7] 実にクリシュナよ、私がこの戦いをなすところで、生き物たちは大地が続く限り語り続けるでしょう。

[8.52.8] クリシュナよ、今日私の手から放たれた、ガーンディーヴァから放たれた殺人的な矢が、カルナを死へと導くでしょう。

[8.52.9] 今日ドリタラーシュトラ王は、王の価値のないドゥルヨーダナを王位につけた自らの知性を後悔するでしょう。

[8.52.10] 英雄よ、今日ドリタラーシュトラは、王位、幸福、繁栄、街、息子たちから切り離されるでしょう。

[8.52.11] 今日ドゥルヨーダナはカルナが殺されて王位と人生を諦めるでしょう。クリシュナよ、私はあなたにたしかにそう言いました。

[8.52.12] 今日王は私の矢でバラバラにされたカルナを見て、平和に向かって語ったあなたの言葉を思い出すでしょう。

[8.52.13] クリシュナよ、今日かの英雄に、私の矢はサイコロであり、ガーンディーヴァはサイコロの箱であり、戦車は盤であると知らしめなければなりません。

[8.52.14] 戦いにおいて他の人を大地に〔倒すことを〕望むカルナの血を、今日大地は飲むでしょう。

[8.52.15] ガーンディーヴァから放たれた〔矢は〕、カルナを最後の道行きへといざないます。

[8.52.16] 今日カルナは、あのときパンチャーラの王女に言った残酷な言葉に、軍の中で、パーンダヴァに向かって軽蔑しながら苦しむでしょう。

[8.52.17] 彼の地で実らないごまであった者たちは、今日邪悪な御者の息子カルナが殺されて実るごまとなるでしょう。

[8.52.18] 「私がパーンドゥの息子たちからあなたたちを救おう」と言ったその〔言葉〕を、私の鋭い矢が嘘にするでしょう。

「私は息子を持つ全てのパーンダヴァを殺す」と言ったカルナを、すべての射手の見る中で私が殺します。

〔8.52.19〕偉大な心持ちのドリタラーシュトラの息子がその武勇に頼っている、間違った知性と邪悪な魂を持ち常に我々を見下していたラーダーの息子カルナを今日私は殺します、クリシュナよ。

〔8.52.20〕クリシュナよ、今日カルナが殺されれば、王を抱くドリタラーシュトラの子らは、獅子に怯える鹿のように怯えてあらゆる方角に飛び去るでしょう。

〔8.52.21〕今日戦場でカルナが息子や友人とともに殺されれば、ドゥルヨーダナ王は大地を見つめることになるでしょう。

〔8.52.22〕クリシュナよ、今日カルナが殺されるのを見て、容赦のないドリタラーシュトラの子らは、戦場で、私が最高の射手であることを知るでしょう。

〔8.52.23〕クリシュナよ、今日私は、射手、怒り、クル、矢、ガーンディーヴァの負債から自由になるでしょう。

〔8.52.24〕クリシュナよ、今日私は戦場でカルナを、シャンバラを〔殺した〕インドラのように殺して、十三年間耐えた苦しみから解放されるでしょう。

〔8.52.25〕今日戦場でカルナが殺されて、戦いで友軍のなすべきことを望むソーマカの偉大な戦車乗りたちは、なすべきことがなされたと考えるでしょう。

〔8.52.26〕クリシュナよ、今日カルナが殺されて私が勝利して、シニ族の喜びがいかほどのものか私

にはわかりません。

[8.52.27] 私が戦いでカルナと彼の偉大な戦車乗りである息子とを殺して、ビーマとサートヤキの双子に喜びを与えるでしょう。

[8.52.28] クリシュナよ、カルナを戦場で殺して、私はドリシュタデュムナとシカンディン、パンチャーラへの負債を返すでしょう。

[8.52.29] 今日戦いで、カウラヴァと戦場で戦っている無慈悲なアルジュナに、御者の息子カルナが打ち倒されるのを見せつけましょう。あなたの近くで再び自らを讃える言葉を言いましょう。

[8.52.30] この世に弓を知ることで私にかなう者はない。あるいは勇気において誰が私に匹敵するというのか。あるいは寛容さについても誰が私にかなうというのか。同様に、怒りについても、私と同様の者はない。

[8.52.31] 私は射手であり、悪魔と神とすべての生き物の集まりを、自らの力と勇気によって倒すことができる。私の力は最高よりも最高であると知れ。

[8.52.32] 私は矢と火とガーンディーヴァによって一人で全てのクルとバーフィカを攻撃し、冬の終わりに枯れ草を燃やす火のように、力ずくで〔彼らを〕眷属とともに熱で燃やすだろう。

[8.52.33] 私の両手は矢の跡がつき、弦に矢を構えた弓が左手にある。私の両足は戦車と旗を有している。私のようなものが戦場を進めば誰も勝てない。

第53章

サンジャヤは言った。

[8.53.1] 彼らの大きな旗を有する軍勢は、戦場に満ちて集まっていた。夏の終りの入道雲の〔起こす雷の〕ように、顔を上げて太鼓の音を立てていた。

[8.53.2] 大きな象の雲が武器の雨を降らせ、楽器と車輪と手を打ち鳴らす音を立てていた。黄金の輝きの武器で光り、大戦車で囲まれて音を立てていた。

[8.53.3] かの軍勢は迅速に血の河を往き、無数の剣でクシャトリヤの命を運んだ。かの命あるものの集まりは、季節外れの残酷な望ましくない雨であった。

[8.53.4] 全く同様にアルジュナも、乗り手と馬とともに戦車を、象を、すべての敵を川の如き矢で殺し、馬と騎手と歩兵を死へと導いた。

[8.53.5] クリパとシカンディンは戦場で相対していた。サートヤキはドゥルヨーダナを追っていた。シュルタシュラヴァスはドローナの息子と、ユダーマニュはチトラセーナと共にいた。

[8.53.6] 一方戦車乗りのカルナの息子はスシェーナと、集まったウッタマウジャスはスリンジャヤと相対していた。サハデーヴァはガンダーラの王に、飢えた獅子が大きな牡牛に対するよ

うに突進していた。

[8.53.7] 若き百人長ナークリは若きカルナの息子ヴリシャセーナを川の如き矢をもって傷つけ、勇敢なカルナの息子はパンチャーラの王女の息子を多くの矢の雨で〔傷つけた〕。

[8.53.8] 戦車の牡牛でありマードリーの息子であり美しい姿で戦うナクラはクリタヴァルマンと相対していた。パンチャーラの王シカンディンは、軍の指揮官であるカルナをその歩兵とともに攻撃していた。

[8.53.9] バーラタよ、サンシャプタカ（特攻隊）の豊かな軍であるバーラティーとドゥフシャーサナは、そのとき、戦場で武器を持つものの中で最上たる、耐え難い力を持つビーマを攻撃していた。

[8.53.10] そこで勇敢なウッタマウジャスは力ずくでカルナの息子を殺し、その首を切って地面に落とした。そして空と地に響き渡る大声で叫んだ。

[8.53.11] 地面に落ちたスシェーナの首を見たカルナはその時悲しんだ様子であったが、怒りから戦車と馬を打倒し、狙い定めた鋭い矢で攻撃した。

[8.53.12] 一方そのウッタマウジャスは鋭い矢と輝く剣でクリパの兵と馬を攻撃して殺し、それからシカンディンの乗る〔戦車に〕近づいた。

[8.53.13] 戦車を失ったクリパを見て、戦車に乗ったシカンディンは矢で撃つことを望まず、ドローナの子は戦車を〔自らの戦車で〕覆い、泥に嵌った牛のようにクリパを救った。

[8.53.14] 黄金の鎧を身に着けた風の神の息子ビーマは、鋭い矢であなたの息子たちの兵士を、夏の日中の日光のように徹底的に燃やした。

第54章

サンジャヤは言った。

[8.54.1] さて一方今や恐ろしい戦いの最中であり、一人で多くの敵に囲まれていたビーマは大きな危険のさなかで御者に言った。「汝御者よ、ドリタラーシュトラの子らの軍の中に私を急いで馬で運べ。私があのドリタラーシュトラの子らをヤマのもとへ送ってやる」と。

[8.54.2] このようにビーマセーナに命じられた恐れ急いだ御者は、ビーマが戦うことを望んだ場所からあなたの息子の軍に〔彼を〕連れて行った。

[8.54.3] それからまもなく、象、戦車、馬、歩兵によって、クルの軍は、あらゆる方向から急いで進み、恐れ急ぐビーマの先頭に、あらゆる方向から多くの矢を浴びせた。

[8.54.4] それから偉大な魂の者〔ビーマ〕は、飛んでくる矢を金の矢羽の矢で切り刻んだ。ビーマの矢によって二つや三つに切り刻まれた金の矢羽の矢は落ちた。

[8.54.5] 王の中の王よ、それからビーマに殺されたあなたの兵士、戦車、馬の、恐ろしい音が起

こった、人中の王よ。雷の落ちた山のように。

[8.54.6] 人中の王よ、指導者たる彼らは殺され、ビーマセーナの最上の〔矢に〕貫かれながら、戦場であらゆる方向からビーマに殺到した。花を咲かせる鳥たちが木に向かうように。

[8.54.7] それから〔ビーマは〕勇気を得たかのようにあなたの軍の中を動き回る勇気を現出した。〔世界の〕最後の時に滅ぼし燃やさんとする者が生類を滅ぼさんと王笏を得たように。

[8.54.8] 戦場における彼の卓越した勇気は、あなたの〔軍勢が〕持つことのできないものであった。時間の終わりにこの世を滅ぼす大きく口を開けた破壊者のように。

[8.54.9] バーラタよ、それから戦場でバーラタの軍勢は偉大な魂のビーマに燃やされながら恐れて方々に逃げ去った。大きな雲が強風に〔吹かれた〕ように。

[8.54.10] それから、かの思慮深く強いビーマセーナは喜んで再び御者に言った。「御者よ、集まって向かってくる者の戦車と旗は私のものか敵のものか見極めよ。私は戦っていて何もわからない。自分の軍を矢で撃つことのないようにせよ。

[8.54.11] ヴィショーカよ、あらゆるところからの矢を注意深く見て、私の心はひどく心配で燃えている。御者よ、王は傷つき、アルジュナはまだ来ない。私には多くの苦しみが生じている。

[8.54.12] この苦しみは、御者よ、私を敵のただ中に放置して去った法の王が生きているか死んでいるかもわからないことによる。アルジュナについても生きているか死んでいるかわからない。それは今の私にとって耐え難い苦しみだ。

[8.54.13] 私は最高に喜んであの残酷で最悪の恐ろしい敵軍を滅ぼすだろう。かの集まりを戦いの中で滅ぼして、今日お前とともに私には喜びがあるだろう。

[8.54.14] すべての矢筒か矢を調査し、私の戦車にどれほど矢の残りがあるか伝えよ。そのうちどれだけの矢羽がどの種類のものか確認し、私に明確に伝えよ、御者よ。」

ヴィショーカは言った。

[8.54.15] 英雄よ、六万本の矢があります。そのうち鋭い鏃のものと三日月型のものがそれぞれ一万本あります。一方鉄の矢が二〇〇〇本です、英雄よ。プラダラの矢が三〇〇〇本です、パールタよ。

[8.54.16] パーンドゥの子よ、残った武器は六台の牛車に乗り切らないほどあります。智者よ、この武器を何千回と放ってください。あなたにはメイス、剣、腕力もあります。

ビーマは言った。

[8.54.17] 御者よ、今日、弓から放たれた地上のものすべてを打ち壊す素早く恐ろしい矢によって、死の世界と同様に太陽の消えた恐ろしい有様の戦いを見よ。

[8.54.18] 御者よ、今日こそ、このビーマセーナが戦場で倒れるか、一人でクルを倒すか、地上のものは子供であっても知ることになるだろう。

[8.54.19] すべての戦場でクルが倒れるか、子供も含めて全世界が私を讃えるかだ。彼らすべてを私が倒すか、彼らすべてがこのビーマセーナを倒すかだ。

[8.54.20] さらに、最高の行為を祝福する者たる神々が私の一切を含めて讃えますように。敵を倒す者たるアルジュナが、祭式に招かれたシャクラが急いで来たように、ここに来ますように。

[8.54.21] このバーラタの軍勢が崩壊するのを見よ。王たちはなぜ吹き飛んでいるのか。思慮深き最高の者たるサヴヤサーチンが彼らを素早く弓で射ているからなのは明らかだ。

[8.54.22] ヴィショーカよ、戦場で吹き飛ぶ旗と象と馬と歩兵の集まりを見よ。御者よ、矢と飛び道具で撃たれて砕け散る戦車と戦車乗りを見よ。

[8.54.23] このカウラヴァの軍勢もまた、ダナンジャヤの、雷にも等しい速さの、孔雀の羽根と金の矢で強く攻撃されているが繰り返し体勢を立て直している。

[8.54.24] この戦車、馬、象は歩兵の集まりを潰しながら吹き飛んだ。すべてのカウラヴァは正気を失って、山火事を恐れる象のように戦場で大声を上げて逃げ去った。ヴィショーカよ、巨象たちは大声を上げている。

ヴィショーカは言った。

[8.54.25] パーンドゥの子よ、あなたのすべての望みは満たされました。〔アルジュナの〕猿の旗が象の軍勢の中に見えます。かの弓が震えて青い雲から稲光を上げているのを確かに見ました。

［8.54.26］実に、あの猿はアルジュナの旗の天辺にあってあらゆるところから見えます。かの冠に据えられた美しい宝石は太陽のように輝いています。

［8.54.27］ビーマよ、傍らにはかの白い雲のように輝く大きな音のデーヴァダッタがあるのを見てください。敵軍に浸透しているクリシュナの手には手綱が握られています。

［8.54.28］クリシュナの隣には、太陽のように輝く刃のついた円盤が置かれているのを見てください。英雄よ見てください、クリシュナの円盤は、常にヤドゥに崇拝されていて彼の名声を増しているものです。

ビーマは言った。

［8.54.29］ヴィショーカよ、良き言葉を発する御者よ、私は喜んで、アルジュナを発見したお前には、十四の優れた村と一〇〇人の女奴隷と二十台の戦車を与えよう。

第55章

サンジャヤは言った。

［8.55.1］戦場で戦車の響きと獅子の〔ごとき〕声を聞き、アルジュナはクリシュナに「馬の速度を

もっと上げてください」と言った。

[8.55.2] アルジュナの言葉を聞いてクリシュナはアルジュナに言った。「急いでビーマのいるところに向かっている」と。

[8.55.3-4] 雪や貝殻のように白い、金と真珠と宝石で飾られた馬でやってくる、雷で武装したジャンバを殺すべく、恐ろしく怒ったインドラの如く、アルジュナに対して、戦車、馬、象、歩兵の集まりが、矢の音と車輪の音を大地と四方に響き渡らせながら、怒れる人中の獅子たちが進んでいった。

[8.55.5] 王よ、その時彼らとパールタの間には、身体と生命と罪とを壊す大きな戦いがあった。あたかも、三界の因であり勝者の中の勝者たるヴィシュヌ神と悪魔との間の戦いのように。

[8.55.6] アルジュナは一人で彼らの放った様々な恐ろしい武器を切り刻み、削った鏃の矢と三日月型の矢と鉄の矢で彼らの頭と腕を様々な方法で切り落とした。

[8.55.7] 彼らの傘、払子《ほっす》、旗、馬、戦車、歩兵、象を、様々な方法で地面に倒した。風に倒れた林のように。

[8.55.8] 金の冠をつけた巨象たち、旗を持った騎手が乗った武装した象たちは、山が輝くような勢いで金の羽根をつけた矢で共に撃たれた。

[8.55.9] 〔アルジュナは〕象と戦車と馬をインドラの雷の如き最上の矢で粉々にしてすぐに、あたかもかつてインドラがバラを殺す時にそうであったように、カルナを殺さんとして進んだ。

[8.55.10] それからかの敵を殺す戦車乗りでもある人中の虎は、敵軍に飛び込んだ。マカラが海に飛び込んだように。

[8.55.11] 王よ、彼を見て戦車と歩兵を伴った、象と馬と騎兵からなるあなたの軍は、パーンドゥの子に突進した。

[8.55.12] そこでパールタを攻撃している者たちの間に極めて大きな鬨の声が上がった。海の水が立てる音のように。

[8.55.13] 一方かの大軍は虎のように戦場で生命の危機への恐れを捨ててかの人中の虎を攻撃した。

[8.55.14] そこで攻撃してくる者たちの放った矢の雨に対し、アルジュナは嵐が雲に対するかのように軍を切り刻んだ。

[8.55.15] 彼ら偉大な射手たちは、攻撃しつつ戦車群とともにアルジュナに突進し、鋭い矢で彼を撃った。

[8.55.16] それからアルジュナは、一〇〇〇の戦車と象と馬を矢でヤマの棲家に送った。

[8.55.17] パールタよ、彼ら偉大な戦車乗りたちは、戦場で弓から放たれた矢で攻撃されながら、恐れを生じ、あちらこちらに逃げ去った。

[8.55.18] アルジュナは、その鋭い矢で彼ら冷静で英雄的な戦車乗りを四〇〇人ヤマの棲家に送った。

[8.55.19] 彼らは戦場で多くの種類の鋭い矢で攻撃されながら、アルジュナを避けて四方に逃げ去った。

[8.55.20] 軍の先頭で逃げる彼らの大声は、岩にぶつかって弾ける海の大きな音のようであった。
[8.55.21] 一方プリタの子たるアルジュナは、かの強き軍を矢でさらに攻撃して敗走せしめ、カルナの軍の近くまで至ったのである、王よ。
[8.55.22] 敵に近づいたアルジュナの声は大きく、かつて大蛇のために地上に降りてきたガルダ（伝説上の巨鳥）のようであった。
[8.55.23] 一方その声を聞き待ち望んだ姿を見たビーマセーナはとても勇気を得て、大変喜んだ。
[8.55.24] アルジュナの到着を聞いたが否や、ビーマセーナは勇気を得て、命を捨ててあなたの軍を殺戮したのである。
[8.55.25] 勇気を得たヴァーユの息子ビーマは、風の強さに等しく、風の強さにも似て、むしろ風そのもののように戦場を駆けた。
[8.55.26] 大王よ、彼に攻撃されたあなたの軍は、四方八方に散り散りになった。海で砕けた船のように。
[8.55.27] 一方その時ビーマは手の軽さを見せつけつつ、恐ろしい矢でかの軍勢をヤマの棲家に送った。
[8.55.28] バーラタよ、そこでビーマのユガの終わりのカーラのような人間を超えた力を見て、戦場で戦士たちは震え上がった。
[8.55.29] バーラタよ、同様に、ビーマセーナを怖れた勇敢な戦士たちを見て、ドゥルヨーダナ王は

このように言った。

[8.55.30] バラタの牡牛よ、戦場のすべての兵士に、かの偉大な射手がビーマを殺したと知らしめよ。ビーマが殺されれば、軍のすべてが残らず殺されたと考えるだろう。

[8.55.31] あなたの息子のその命令を聞いて、王たちはビーマを倒すために一斉に弓の雨を降らせた。

[8.55.32] 王よ、無数の象と兵士と戦車と馬が、勝利を求めてビーマを囲んだ。

[8.55.33] 王よ、彼ら勇者たちに完全に囲まれたかの勇士は、バラタで最上の者よ、星に囲まれた月のように輝いていた。

[8.55.34] 大王よ、かの最高の人間は、戦場で、その〔星に囲まれた月の〕ようにアルジュナがそうであるのと変わらず美しく輝いていた。

[8.55.35] そこで全ての王たちは、怒りに眼を赤くして残忍にビーマを殺そうと欲して、矢の雨を降らせた。

[8.55.36] ビーマは大軍を節目のない矢で切り刻んで、魚が水中で網から〔逃れるように〕軍隊を追い払った。

[8.55.37-38] バーラタよ、勇敢な象を一万頭と、二十万二〇〇人の人間を殺し、さらに五〇〇〇頭の馬と一〇〇人の戦車乗りを殺して、ビーマは赤い泥の川を流させた。

[8.55.39] 血が川の水となり戦車はその渦であった。象は群れた鰐であった。人間は魚で馬は鰐《わに》であった。

[8.55.40] 切り刻まれた腕は大蛇であり、多くの宝石は川の流れであった。太腿は鰐であり、骨髄は泥であり、頭部は岩の集まりであった。
[8.55.41] 弓は水草であり、矢は藻であり、メイスと槍は蛇であった。一軍の戦士たちが戦場でヤマの棲家に送られたのである。
[8.55.42] 人中の虎は瞬時にこのような川を出現させた。あたかも愚かなものには渡ることが難しい恐ろしい地獄の川のように。
[8.55.43] パーンドゥの子の軍の最高の戦士が入り込むところ、そのここかしこで、十万単位の戦士たちを倒した。
[8.55.44] 戦場でのビーマセーナによるこのような行為を見たドゥルヨーダナ王はシャクニにこう言った。
[8.55.45] 叔父貴よ、戦いであの強力なビーマセーナに勝ってください。あやつが死ねば、強力なパーンドゥの子らも死んだと思われます。
[8.55.46] 王よ、それから正しく強い力を持ったシャクニは、兄弟たちに囲まれて、大戦場に向かった。
[8.55.47] 英雄シャクニは戦場で勇敢な英雄ビーマに遭遇し、海に対する海岸のように彼を押し留めた。ビーマは鋭い矢で応戦しつつ後退した。
[8.55.48] 王よ、シャクニはビーマの左胸の心臓に、鉄の矢と金の矢羽の鋭い矢を放った。

[8.55.49] 王よ、一方カンカ（鷺）と孔雀の羽根で飾られた矢はかの偉大な魂の者の金の鎧を貫き、深く刺さった。

[8.55.50] バーラタよ、戦場で深く傷ついたビーマは、金で飾られた矢を突然シャクニに向かって放った。

[8.55.51] 王よ、軽い手を持つ大英雄シャクニは、自分に近づく恐ろしい矢を一〇〇にも切り刻んだ。

[8.55.52] 王よ、地面に矢が落ちた時に怒ったビーマは、シャクニの弓を三日月型の矢であざ笑うかのように破壊した。

[8.55.53] 英雄シャクニはその壊れた弓を放り投げ、素早く別の弓と十六本の三日月型の矢を手にとった。

[8.55.54] 王よ、シャクニは節目のない三日月型の矢四本で御者を、ただの五本でビーマを撃った。

[8.55.55] 王よ、スバラの息子シャクニは矢一本で旗を、二本で傘を、四本で四頭の馬を撃った。

[8.55.56] 王よ、それから怒れる勇者ビーマセーナは、鉄製の、金の柄のついたシャクティ槍を戦場に投じた。

[8.55.57] ビーマの腕から放たれたシャクティは蛇の舌のように動きながら、戦場で偉大な魂のシャクニの戦車に即座に落ちた。

[8.55.58] 王よ、激怒した［シャクニは］それからまさにその金で装飾されたシャクティを掴み、ビーマセーナに投げ返した。

[8.55.59] そのシャクティは偉大な魂のパーンドゥの子の左腕を切り裂き、それからあたかも空から落ちた雷のように地面に落ちた。

[8.55.60] さて大王よ、ドリタラーシュトラの子は一斉に大声を上げたが、ビーマはその強烈な獅子の声に耐えられなかった。

[8.55.61] 大王よ、かの偉大な戦士は急いで弦を張った弓を掴み、一瞬のうちに矢で戦場で命を捨てたシャクニの戦士を覆った。

[8.55.62] 王よ、英雄は四頭の馬と騎士を殺して、急いで力ずくで旗を切り裂いた。

[8.55.63] 人中の最上たる〔シャクニ〕は、馬を殺された戦車を放棄して、急いで、弓を震えさせながら、怒りで眼を赤くし、息をついて立った。王よ、彼はあらゆる方面からビーマを多くの矢で攻撃した。

[8.55.64] 一方英雄ビーマセーナは急いで戻り、激怒して弓を切り裂き、鋭い矢で攻撃した。

[8.55.65] 王よ、強力な敵によって深く傷ついたかの敵を殺す者は、ほとんど生気を失ってそこから地面に倒れた。

[8.55.66] 王よ、それからあなたの息子は混乱した彼を、戦場でビーマセーナの見る中で戦車で連れ去ったのである。

[8.55.67] 一方、人中の虎が戦車に乗せられると、ドリタラーシュトラの子らは戦場に背を向け、ビーマから大きな恐れを生じて四方に別れて逃げ出した。

［8.55.68］王よ、シャクニが弓を持つビーマセーナによって倒され、あなたの息子ドゥルヨーダナは多大な恐れに負けて、心配して早馬で叔父のところに向かった。

［8.55.69］バーラタよ、一方王たちが背を向けたのを見て、戦士たちは一斉に二輪戦車を放棄して逃げ散った。

［8.55.70］彼らすべてのドリタラーシュトラの子らが背を向けたのを見て、ビーマは何百もの鋭い矢を放ちながら急いで後を追った。

［8.55.71］王よ、ビーマに攻撃されながら背を向けたドリタラーシュトラの子らの軍は、戦場でカルナに遭遇し、一斉に止まった。実に彼はかの軍にとっては偉大な英雄であり、真に優れた武勇を誇る島の如き避難所であった。

［8.55.72-73］王よ、海で難破した船の乗員が後から島を見つけて安心してするように、人中の虎よ、バラタの牡牛よ、カルナに出会ったあなたの戦士たちは安心して立ち、互いに喜び合い、王よ、そして戦場に戻り、死出の旅に出たのである。

第56章

ドリタラーシュトラは言った。

[8.56.1] サンジャヤよ、それから戦場で我軍がビーマセーナに敗れた時、ドゥルヨーダナは何と言ったのか。またシャクニはなんと言ったのか。

[8.56.2] 戦場で、勝者の中で最上たるカルナは、私の軍は、クリパは、クリタヴァルマンは、ドローナの息子ドゥフシャサーナはなんと言ったのか。

[8.56.3] このパーンドゥの子の武勇は素晴らしかったと思う。カルナは誓いに従って軍の中で事をなした。

[8.56.4] カルナはすべてのクルにとっても敵を倒すものであり、吉祥であり、鎧であり、よりどころであり、生きる望みであった、サンジャヤよ。

[8.56.5] ビーマの測り難い武勇によって破壊された軍を見て、ラーダーとアディラタの子であるカルナは戦いで何をしたのか。

[8.56.6] また、無敵の王であり戦士である私の息子たちは〔何をしたのか〕。サンジャヤよ、この全てを私に話せ。あなたは正しいのである。

サンジャヤは言った。

[8.56.7] 王よ、勇者カルナは午後になってビーマセーナの見ている前ですべてのソーマカを殺した。卓越した武勇を持つビーマもまたドリタラーシュトラの子らの軍を殺戮した。

[8.56.8] 思慮深きビーマセーナによって軍が吹き飛ばされるのを見て、カルナは御者に「私をパン

チャーラに運べ」と言った。

[8.56.9] それから偉大な力を持つマドラの王シャルヤは、極めて速い白馬たちを、チェーディ、パンチャーラ、カルーシャに向かわせた。

[8.56.10] その軍勢に入り込んで、かの最高の武勇で怖れられるシャルヤは、喜んで主の望むところどこへも馬を向かわせた。

[8.56.11] 王よ、かの雲の如き、虎の皮で覆われた戦車を見て、パーンドゥとパンチャーラは震え上がった。

[8.56.12] それから、戦場で戦車の音は雷雲の如く粉々になった山のように響き渡った。

[8.56.13] さらにカルナは音を立てて放たれた何百もの鋭い矢で数十万のパーンダヴァの軍勢を殺した。

[8.56.14] カルナがこのような人智を超えた行いをしていた時、パーンダヴァの偉大な射手と戦車乗りたちは彼を囲んでいた。

[8.56.15] シカンディン、ビーマ、ドリシュタデュムナ、プリシュティの息子、ナクラ、サハデーヴァ、ドラウパディーの子ら、サートヤキが、カルナを殺そうと矢の雨でカルナを襲った。

[8.56.16] 一方、その中から、戦場で勇敢なる人中で最高のサートヤキが二十本の鋭い矢でカルナの鎖骨部分を射た。

[8.56.17] シカンディンは二十五本、ドリシュタデュムナは五本、ドラウパディーの子らは六十四本、

サハデーヴァは七本、ナクラは一〇〇本の矢でカルナを撃った。
[8.56.18] 一方勇敢なるビーマセーナは戦場で激怒しカルナの鎖骨部分を九十本の節のない矢で射た。
[8.56.19] それから、まさに偉大な武勇を持つカルナは、笑いながら最高の弓を引いて多くの鋭い矢を放ち、敵を恐れさせた。カルナは敵に五本ずつの矢を射返した。
[8.56.20] 人中の牡牛よ、カルナはサートヤキの弓と旗を引き裂き、彼の胸の心臓を九本の矢で射抜いた。
[8.56.21] 一方敵を殺すビーマセーナは激怒して三〇〇本の矢で彼を攻撃し、三本の矢で御者を撃った。
[8.56.22] 人中の牡牛よ、カルナは両目を瞬く間にドラウパディーの子らから戦車を奪い、素晴らしいほどだった。
[8.56.23] 彼は戦場に向き直ると、節のない矢で彼らすべてのパンチャーラの戦士とチェーディの偉大な戦車乗りたちを殺した。
[8.56.24] 王よ、戦場で攻撃されたチェーディとマツヤは、カルナ一人に突進して多くの矢を浴びせたが、偉大な戦車乗りたるカルナは矢で彼らを殺した。
[8.56.25] バーラタよ、私は戦場で一人で敵を倒す英雄カルナに超越的な武勇を見た。
[8.56.26] 王よ、カルナは自らを最高まで掻き立てたかれらパーンドゥの子らの射手を、その力で攻撃し、戦場で矢によって射た。

[8.56.27] バーラタよ、そこで偉大な魂を持つカルナの軽さによって、シッダやパラマルシャヤといったすべての神々も喜んだ。
[8.56.28] ドリタラーシュトラ陣営の偉大な射手たちも、最高の人間であり最高の戦車乗りでありすべての弓を持つ者の中で最高のカルナを崇敬した。
[8.56.29] 王よ、それからカルナは、敵軍を夏に大きく燃える火のついた枯れ草のように燃やした。
[8.56.30] カルナに攻撃されているパーンダヴァの軍勢は、戦場で偉大なる武勇のカルナを見て怖れて次々に逃げ出した。
[8.56.31] その大戦場で、カルナの弓から放たれた鋭い矢で攻撃されてパンチャーラの戦士たちは大声で泣き叫んだ。
[8.56.32] その声に怯えた敵のパーンダヴァの大軍は、その戦場でカルナ一人を攻撃した。
[8.56.33] そこで敵を殺す者たるカルナは、すべてのパーンダヴァでも見ることもできない最高の武勇を発揮した。
[8.56.34] 川の流れが大きな山にぶつかって分かれるように、パーンダヴァの軍勢もカルナに遭遇して分かたれた。
[8.56.35] 王よ、偉大な英雄カルナもまた戦場で燃え盛る煙のない火のようにパーンダヴァの大軍を燃やしながら立っていた。
[8.56.36] 王よ、英雄は多くの敵たちの頭と、揺れる耳飾りをつけた耳とを矢で切り落とした。

[8.56.37] 王よ、象牙の剣の持ち手も剣も旗もシャクティも馬も象も戦車も旗も扇も壊した。

[8.56.38] 戦士の誓いをなしたカルナは、様々な方法で、対になった切り替え布や様々な車輪を切り刻んだ。

[8.56.39] バーラタよ、そこではカルナに殺された象と馬で通ることが出来ず、大地は血と肉で泥のようだった。

[8.56.40] 殺された馬と歩兵と壊れた戦車と殺された象で、不均一なものも均一なものも何も区別できなかった。

[8.56.41] また、カルナの武器が現れたときの恐ろしい矢の暗闇では、自軍も敵軍も互いに区別できなかった。

[8.56.42] 王よ、カルナの弓から放たれた、金で飾られた矢で、対抗しようとした偉大な戦車乗りたちは覆われた。

[8.56.43] 王よ、戦場で、彼らパーンドゥの子らの、対抗しようとした偉大な戦車乗りたちはカルナに繰り返し苦しめられた。

[8.56.44] 森で怒れる獅子が鹿の群れを傷つけるように、カルナは戦場のここかしこで名だたる戦士たちを傷つけ、その軍を狼が家畜の群れを追い払うように撃退した。

[8.56.45] 戦場に背を向けたパーンダヴァの軍を見て、ドリタラーシュトラの偉大な射手たちは、恐れ泣き叫ぶ彼らに迫った。

〔8.56.46〕王よ、無上の喜びに満ちたドゥルヨーダナは、喜んであらゆるところで様々な楽器を鳴らさせた。

〔8.56.47〕人中で最高の者たるパンチャーラの偉大な射手たちも、倒されながらも英雄のごとく死を目的地として戻ってきた。

〔8.56.48〕王よ、敵を殺す者かつ人中の牡牛たるカルナは、戦場に戻ってきたかの英雄たちを、様々に殺した。

〔8.56.49〕バーラタよ、そこで二十台のパンチャーラの戦車が壊され、怒りから一〇〇人以上のチェーディの戦車乗りが殺された。

〔8.56.50-51〕バーラタよ、戦車の表面と馬の背を空にして、象の首から人間を廃し、歩兵たちを吹き飛ばして、日中の太陽のように目にまばゆい敵を殺す者たる怒れるカルナは、時間の終わりの神のように進んでいた。

〔8.56.52〕王よ、このように人間と馬と戦車と象を殺し壊して、敵の群れを殺す偉大な射手カルナは立っていた。

〔8.56.53〕実に、すべての生き物を殺して立つ偉大な力のカーラのように、かの偉大な戦車乗りはソーマカを殺して一人で立っていた。

〔8.56.54〕そこで私達は、カルナに攻撃されながらも戦場に背を向けなかったパンチャーラの素晴らしい勇気を見た。

[8.56.55] ドゥルヨーダナ王、ドゥフシャーサナ、クリパ、アシュヴァッターマン、クリタヴァルマン、シャクニも同様に十万のパーンダヴァの軍を殺した。

[8.56.56] 王よ、確かな勇気を持つカルナの息子二人の兄弟も、休まぬ強さをもってそこかしこでパンチャーラを〔殺した〕。

[8.56.57] 同様に、パーンダヴァの英雄であるドリシュタデュムナとシカンディン、ドラウパディーの子らも激怒してあなたの軍を殺した。

[8.56.58] このように、パーンダヴァにはこのような破壊が生じ、あなたの軍でも英雄ビーマを〔敵として〕得て〔破壊が生じた〕。

第57章

サンジャヤは言った。

[8.57.1-2] 王よ、一方アルジュナは、様々な敵を殺し、大戦場で極めて興奮したカルナを見て、大きな血と肉と骨髄と骨の川を作り出してこのようにクリシュナに言ったのである、人中の牡牛よ。

[8.57.3] クリシュナよ、あの戦場にカルナの旗が見えます。ビーマセーナたちがあの偉大な戦車乗

りと戦っています。クリシュナよ、パンチャーラがカルナを恐れて逃げ惑っています。

[8.57.4] あのドゥルヨーダナ王は白い傘で飾り、パンチャーラがカルナに倒されるのを見て大変喜んでいます。

[8.57.5] クリパ、クリタヴァルマン、ドローナの子（アシュヴァッターマン）といった勇者たちが、カルナに守られて王を守っています。私達が倒さなければ、彼らはソーマカを殺すでしょう。

[8.57.6] あのシャルヤが戦車の上で手綱を巧みに引いてカルナの戦車を操縦しながら大変喜んでいます、クリシュナよ。

[8.57.7] 知った以上、あの大戦車の元へ私を連れて行ってください。この戦場でカルナを殺さなければ私は決して戻りません。

[8.57.8] さもなくば、カルナもまた、戦場でパールタとスリンジャヤの偉大な戦士たちを残らず殺すだろうと私には見えます、クリシュナよ。

[8.57.9] それからクリシュナはすぐに戦車であなたの軍へ、カルナがサヴャサーチンと一騎打ちをする場へ向かった。

[8.57.10] 偉大な戦士であるクリシュナは、パーンダヴァの命によって、まさにその戦車ですべてのパーンドゥの戦士たちを宥めつつ進んだ。

[8.57.11] 王よ、戦場にパーンドゥの子らの戦車の音が起こった。インドラの雷鳴にも等しい大河の

流れの音のようであった。

[8.57.12] 大きな戦車の音に真の勇気を得たパーンダヴァの測り難い魂を持った勇者はあなたの軍へと進んだ。

[8.57.13] クリシュナが御者を務める白馬〔が引く戦車〕がやってくるのを見て、偉大な魂を持つマドラの王はクリシュナの旗を見て言った。

[8.57.14] クリシュナが御者を務める白馬の引く戦車が戦場で敵を殺しながらやって来る。カルナよ、あなたの探していた者が。

[8.57.15] かのクンティーの子がガーンディーヴァ弓を携えて立っている。もし今日あなたが彼を殺せば、我々には最高だろう。

[8.57.16] あのドリタラーシュトラの子らの軍が一斉に多くの敵を殺したアルジュナへの恐れから速やかに引き裂かれている。

[8.57.17] アルジュナがすべての敵を避けながら急いでいる。彼の体が上がっているところを見ると、あなたを目指してのことだと思われる。

[8.57.18] パールタは、ヴリコーダラが痛めつけられたことで怒りに燃えて、あなた以外のものとは誰とも戦うことを望まず止まらないだろう。

[8.57.19-21] 戦車を失い傷ついている法の王を見て、またシカンディン、サートヤキ、ドリシュタデュムナ、プリシャタの子、ドラウパディーの子ら、ユダーマニュ、ウッタマウジャス、

ナクラとサハデーヴァの二人の兄弟を見て、敵を殺すパールタは一台の戦車で、あなたに向かってきている。激怒し、怒りに赤くなった眼をして、すべての射手の敵が。

〔8.57.22〕疑いなく彼は敵を避けて急いで我々に向かってきている。カルナよ、あなたがあの者を殺すのだ。〔それができる〕他の射手はいない。

〔8.57.23〕私はこの世で、あなた以外の射手で、戦場で激怒した感情を保つアルジュナほどの者を見たことがない。

〔8.57.24〕あの者には後ろにも横にも守りが見当たらない。一人であなたに向かってきている。自分の成功を見るがよい。

〔8.57.25〕あなたは戦場で二人のクリシュナと戦って勝てるのだ。カルナよ、あなたのその重みでアルジュナに立ち向かえ。

〔8.57.26〕あなたはビーシュマ、ドローナ、ドローナの息子、クリパと匹敵し、戦いに長けたかのサヴヤサーチン（アルジュナ）をパーンダヴァに追い返した。

〔8.57.27〕舌を動かす蛇のような、牡牛のように叫び、森にいる虎のようなアルジュナを殺せ、カルナよ。

〔8.57.28〕戦場で、かのドリタラーシュトラの子らの大戦車乗りたち、王たちは、アルジュナを恐れて、急いで〔他を〕顧みることなく逃げ出している。

〔8.57.29〕しかし逃げている彼らの恐れを取り除くには、戦場であなたの他に勇敢な人間はいないだ

ろう、御者の息子よ。
[8.57.30] 人中の虎よ、すべてのクルは戦場で輝くあなたに出会って、あなたによりどころとなることを望み、安心できるであろう。
[8.57.31] ヴィデーハ、アンバシュタ、カンボージャ、ナグナジットも、戦場で無敵のガンダーラがその力に敗れた、それと同様にあなたに敗れた。
[8.57.32] カルナよ、彼らに喜びを与え、それからパーンダヴァに向かえ。冠をつけた者（アルジュナ）に祝福されているクリシュナとヴリシュニの子らの元へ。

カルナは言った。

[8.57.33] シャルヤよ、今や実にあなたの心は安定し、いつもどおりのようだ。偉大な武勇のものよ、アルジュナから恐れを受けていないようにも見える。
[8.57.34] 今日私の両腕の力と鍛えた力を見よ。今日私は一人でパーンダヴァの大軍を殺すだろう。
[8.57.35] 私はあなたにたしかに言う。人中の虎、二人のクリシュナを、彼ら二人の英雄を戦場で殺さずに戻ることは決してないと。
[8.57.36] あるいは彼らに倒されて眠るかだ。戦場での勝利は不確かなものだ。彼らを殺して目的を果たすか、彼らに殺されるかどちらかだ。
[8.57.37] 我々の聞く限り、あの者は実に世界で最上の戦車乗りであり、そのようなパールタに私は

匹敵する。大戦で私の力を見よ。
[8.57.38] かの戦車乗りの英雄たるカウラヴァの王子は白馬に引かれた戦車に乗り、あるいは今日私を悲惨な状態に導くだろう。このカルナの終わりからすべての終わりに至るのだ。
[8.57.39] 王子の両手は汗に濡れていない。震えず、剣ダコがあり、大きい。堅固な武器を持ち、技を持ち、素早い手を持っている。パーンダヴァに匹敵する戦士はいない。
[8.57.40] 多くの矢をまるで一本かのように掴み、それを素早くつがえ、一クローシャを落ちずに飛ばす。地上で彼に匹敵する戦士がいようか。
[8.57.41] クリシュナを二人目とする強力なアルジュナはパーンダヴァとして火の神を満足させた。偉大な魂を持つクリシュナが円盤を得て、パーンダヴァたるアルジュナがガーンディーヴァの弓を手に入れた。
[8.57.42] 偉大な力を持ち、高潔な魂を持ち、白馬に引かせた良い音のする最高の戦車を有する偉大な射手は、火の神から神の色をした目と神の武器を得ている。
[8.57.43] インドラの世界で無数の神々とすべてのカーラケーヤを殺し、そこで法螺貝デーヴァダッタを得た。一体、この地上で誰が彼に敵うというのか。
[8.57.44] さらに偉大な力を持ち良き戦いで直接マハーデーヴァ（シヴァ）を喜ばせ、彼から三界を滅ぼすことのできる偉大な武器である、良い音のするパーシュパタを得た。
[8.57.45] 世界の守護者たちがそれぞれ集まって、戦場でかの人中の獅子に集まったカーラカンジャ

と悪魔を殺さしめた測り難い武器を与えた。

[8.57.46] 同様に、ヴィラータの街で、一台の戦車で集まった我々全てを倒し、戦いのさなかに牛の群れを奪い、偉大な戦車乗りたちから装飾を奪った。

[8.57.47] このような強さを備え、クリシュナを連れとして戦場に頼み、無限の武勇を持つケーシャヴァであり測り難きナーラーヤナに守られている。

[8.57.48] クリシュナは全世界が集まって一万年かけても語り尽くせない属性を持ち、偉大な魂を持ち、法螺貝と円盤と剣を手に持ち、ヴィシュヌでありクリシュナであり、ヴァスデーヴァの息子である。二人のクリシュナが一台の戦車に同乗しているのを見て、私の心には恐れが生じている。

[8.57.49] どちらも英雄であり、賢く、強い武器を持ち、偉大な戦車乗りであり、堅く守られている。そのようなアルジュナとクリシュナに、私以外の誰が立ち向かうというのか、シャルヤよ。

[8.57.50] 今日戦場で私が彼ら二人を倒すか、二人のクリシュナが私を殺すかどちらかだ。このようにシャルヤに言って、敵を殺すものであるカルナは戦場で雲のように叫んだ。

[8.57.51] あなたの息子に近づいて迎えられ、クルの英雄たちに歩み寄って言った。英雄たちには、クリパとボージャという二人の偉大な腕を持つもの、同様にガンダーラの王とその息子、同じ心を持つ年長者の若い息子、その他の歩兵と象の騎手がいた。

[8.57.52] ヴィシュヌとアルジュナに突進して押し止めよ。あらゆるところから素早く疲労させよ。

貴君たちによって深く傷つけば、幸運にも今日この地上の王たる私が二人を殺すだろう。

[8.57.53] 「御意」と言って、アルジュナを殺すことを望む勇敢な心の者たちは急いで進んだ。海が大河の水を飲み込むように、アルジュナは戦場で彼らを飲み込んだ。

[8.57.54] アルジュナが最上の矢をつがえて放つのを敵たちは見ることができなかった。アルジュナはその矢で、人間、馬、象を殺して倒した。

[8.57.55] 光線の如き矢とガーンディーヴァの放つ光輪は、ユガの終わりの太陽にも似た光を放ち、カウラヴァはアルジュナを見ることができなかった。太陽に眼を傷められた人間のように。

[8.57.56] クリパと、同様にボージャとあなたの息子も自ら矢を射ながら彼に近づいた。パーンドゥの王子は、大戦場で優れた彼を殺さんとする敵の懸命に放ったその素早い最上の矢を急いで矢で切り刻み、三本ずつの矢で彼らの胸を射た。

[8.57.57] 太陽たるアルジュナはガーンディーヴァを引き、敵を焼きながら光輪となった。恐ろしい矢の太陽が、ジェーシュタ月とアーシャーダ月の間の太陽の光輪のようであった。

[8.57.58] それからドローナの息子（アシュヴァッターマン）は、クリシュナを三本、アルジュナに十本、馬に四本、猿に四本の最高の矢で射て、同様に鋭い矢と最高の鉄の矢とで射た。

[8.57.59] しかしアルジュナは、引かれた震える弓を三本の矢で、御者の頭を鋭い矢で、四頭の馬を四本の矢で、旗を三本の矢でそれぞれ射て、ドローナの息子を戦車から叩き落とした。

[8.57.60] 怒りに満ちたドローナの息子は、ダイヤモンドと金で装飾された、タクシャカの如き価値

のある優れた美しい別の矢を取り出した。それは山にいる最上の大蛇のようであった。
[8.57.61] 武芸に優れたドローナの息子は、自らの武器を地上に立て、弓に矢をつがえ、〔一台の戦車に〕同乗する無敵の人中の最上の者二人を近くから攻撃した。
[8.57.62] クリパとボージャとあなたの息子も、暗闇を吹き飛ばす雲のようにやってきて、アルジュナは弓に矢をつがえて、クリパの馬と旗と御者を矢で〔射た〕。
[8.57.63] 叫ぶあなたの息子の旗と弓も矢で引き裂かれた。アルジュナはクリタヴァルマンの美しい馬を殺し、それからクリシュナが旗を引き裂いた。
[8.57.64] アルジュナは極めて素早くあなたの軍の弓と旗と象、馬、戦車を殺し壊した。それからあなたの大軍は敗れ、水のように粉々になった。さらにクリシュナは素早くアルジュナの戦車で敵を右側に配した。
[8.57.65] 同様に、敵との戦いを望む者たちは、旗を掲げよく装備された戦車で、ヴリトラを殺さんとするインドラのように素早く進むアルジュナを再び追った。
[8.57.66] さて、かの敵たちを攻撃して、シカンディン、サートヤキ、ヤマの双子といった偉大な戦士たちは、アルジュナの方へ戦車を向け、鋭い矢で敵を引き裂きつつ大声を上げた。
[8.57.67] それからその時、怒れるクルの英雄たちは、スリンジャヤたちと、あたかもかつて悪魔が神の軍と戦った時のように、鋭い矢で互いに殺し合った。
[8.57.68] 英雄よ、勝利を望み天界を心に望む象、馬、戦車乗りたちは、高く叫び、よく放たれた矢

で互いに攻撃し、地面に落ちた。

[8.57.69] 王よ、一方、大戦で、互いに戦う偉大な魂の偉大な戦士たちによる矢の暗闇で、方角と方向はなくなり、太陽の光は闇に覆われたのである。

第58章

サンジャヤは言った。

[8.58.1] 王よ、アルジュナは、クルの最も優れた戦士たちに攻撃されて沈んだかのように見えたクンティーの子ビーマを救おうとした。

[8.58.2] バーラタよ、アルジュナは、矢でカルナの軍を倒し、優れた英雄たちを死の世界に送った。

[8.58.3] それから次々と〔放たれた〕矢の網で空を覆い、同時の他の矢はあなたの軍を攻撃しているように見えた。

[8.58.4] 王よ、かのアルジュナは羽根のある生き物の群れの如く空を矢で満たしながら、クルの死の神となったのである。

[8.58.5] それからアルジュナは、三日月型の矢と馬蹄《ばてい》形の矢と、曇りのない鉄の矢とをもって、身体を貫き頭を切り落とした。

〔8.58.6〕一度に身体を切られ、鎧を失い、または頭を失って倒れた、または倒れかかっている戦士たちで〔戦場は〕覆われた。

〔8.58.7〕王よ、アルジュナの矢で傷ついた戦士、馬、人、象で、戦場は大きなヴァイタラニー川のようになった。

〔8.58.8〕壊れた矢と車輪、車軸、戦士たちのうち馬のいる者、馬のいない者、御者のいる戦車、御者を殺された戦車で、大地は覆われた。

〔8.58.9〕金の鎧で武装し金で飾った戦士たちの乗った、訓練され優れた常に興奮している象たちは、大きな怒りに興奮して、命じられてアルジュナに向かった。

〔8.58.10〕そのうち四〇〇頭が矢の雨に撃たれて死んだ。大きな山の人のいる頂上が崩されたように。

〔8.58.11〕アルジュナの矢で攻撃された優れた象で大地は覆われた。アルジュナの戦車は、太陽が雲を引き裂くように進んだ。

〔8.58.12〕実に、アルジュナの殺した象と人と馬、様々に壊された戦車、武器や車や剣を失い命を失った訓練された戦士たち、切り離された武器でその行通は覆われた。

〔8.58.13〕ガーンディーヴァは極めて大きな恐ろしい音を立てて唸った。あたかも空に響く雷鳴の如き恐ろしさだった。

〔8.58.14〕それからアルジュナの矢に殺された軍は、海で強い風に打たれた船のように崩壊した。

〔8.58.15〕ガーンディーヴァから打ち出された、様々な姿の殺人的な矢は、松明や流星や雷のように、

あなたの軍を完全に焼いた。

〔8.58.16〕大きな山の竹林が夜に燃えるように、あなたの大軍は矢に撃たれて震えた。

〔8.58.17〕アルジュナの〔放った〕矢によって打ちのめされ、焼かれ、崩壊し、殺された、または殺されかけたあなたの軍は、あらゆる方向に飛び散った。

〔8.58.18〕大きな森で山火事にまかれた獣の群れのように、クルの者たちはサヴャサーチンに焼かれて逃げ散った。

〔8.58.19〕実に、その時戦場では、偉大な力を持つビーマセーナを倒して、クルのすべての軍は恐れて戦いに背を向けた。

〔8.58.20〕それからクルが敗れた時、無敵のアルジュナは、ビーマセーナを探して少しの間とどまった。

〔8.58.21-22〕アルジュナはビーマに出会い、助言を与えて、ユディシュティラは矢もなく万全だと我々に伝えて、それからアルジュナはビーマセーナに迎えられ、進んだ。地と空に戦車の音を響かせながら、バーラタよ。

〔8.58.23〕それからアルジュナは、十人の敵を倒す勇者に囲まれた。彼らは、あなたの息子たちを含め、ドゥフシャーサナよりも若かった。

〔8.58.24〕バーラタよ、彼らはアルジュナを、象を流星が撃つ如く、矢で攻撃した。弓を引いた勇者たちは踊っているかのようだった。

［8.58.25］一方クリシュナは、戦車で彼らが右側になるようにした。それでかの英雄たちはアルジュナの戦車に背を向けて奔ることとなった。

［8.58.26］アルジュナは攻撃された彼らの旗と戦車と弓と矢を鉄の矢と半月型の矢で即座に叩き落とした。

［8.58.27］そして、他の十本の矢で彼らの首を切り落とした。怒りで眼を赤くし唇を噛んだ顔は、地表にありながら空の星のようであった。

［8.58.28］そうして敵を殺す英雄は、彼ら十人の、金の装飾を付けたカウラヴァを十本の強力な金の羽根を持つ矢で貫いて、進んだのである。

第59章

サンジャヤは言った。

［8.59.1］一方、勇猛な猿を旗に持って進む彼と戦うためにクルの九十台の戦車は優れた馬で彼に殺到した。戦車に乗る人中の虎アルジュナを人中の虎たちは囲んだ。

［8.59.2］クリシュナは金で飾られた、真珠の網で覆われた極めて勇猛な白馬に、カルナの戦車に向かうよう命令した。

[8.59.3] それからカルナの戦車を追って敵を殺しながら進むアルジュナに、サンシャプタカの戦車は矢の雨を浴びせながら追った。

[8.59.4] しかしアルジュナは、鋭い矢で、御者、弓、旗とともに、九十人すべての急ぐ勇者を殺した。

[8.59.5] アルジュナの放った様々な矢で殺された彼らは、戦車とともに、シッダが徳を失って天界から落ちたように落ちた。

[8.59.6] クルの最上の者よ、それから戦車、象、馬のいるクルたちは、最上のバーラタたるアルジュナに向かって怖れなく進んでいった。

[8.59.7] アルジュナは、あなたの息子たちの、武器を抜かず、興奮した多くの勇者からなる大軍を粉砕した。

[8.59.8] シャクティ、両刃の剣、鉄の斧、投矢、メイス、剣、矢で、クルの偉大な射手たちは、クルの息子を攻撃した。

[8.59.9] そのクルたちの広がって向かってくる武器の雨を、パーンダヴァは太陽が光で闇を切り裂くように矢で切り裂いた。

[8.59.10] それから野蛮人たちが、あなたの息子の命令で、待機していた興奮した一三〇〇頭の象で、近くからアルジュナを攻撃した。

[8.59.11] 彼らは矢、投矢、鉄の矢、鉄の斧、また異なった矢、シャクティ、カンパナ、短い矢で、馬車に乗ったアルジュナを攻撃した。

[8.59.12] アルジュナは象に乗った野蛮人たちが放った武器の雨を、鋭い矢と三日月型の矢で微笑みながら切り裂いた。

[8.59.13] そして様々な種類の偉大な矢で、すべての旗をつけ乗員を乗せた象を、雷で山を倒すように倒した。

[8.59.14] 金の飾りをつけた巨象たちは、金の羽を持つ矢に撃たれ、炎を上げる山のように殺された。

[8.59.15] 王よ、それからガーンディーヴァの音は、声を上げて叫ぶ人と象と馬の間に大きく響いた。

[8.59.16] 王よ、殺された象があらゆるところに飛び散り、騎手を殺された馬が方々にさまよっていた。

[8.59.17] 王よ、馬と御者を失った戦車も同様に、数千の蜃気楼のように見えた。

[8.59.18] 王よ、あちらこちらをアルジュナの矢に射られさまよう騎手もそこここに見られた。

[8.59.19] その時、パーンダヴァの英雄の力が見えた。それは、戦場で一人で騎士と象と戦車に勝利したほどのものであった。

[8.59.20-21] バラタの牡牛よ、それからビーマセーナは、アルジュナがやって来るのを見て、三つの軍団からなる大軍で、殺されずに残ったあなたのいくばくかの戦車を倒し、王よ、アルジュナの戦車に向かって急いで近づいた。

[8.59.22] それから、殆どが殺されて傷ついた軍は逃げ去り、ビーマはアルジュナを見て弟の方に行った。

[8.59.23] 戦場でアルジュナに大部分を殺されて残った軍を、揺るがぬビーマはメイスを持ち粉砕した。

[8.59.24] 世界の終わりの夜のように極めて恐ろしい、人と象と馬を食べる、街の壁と塔と門を打ち壊すほどに恐ろしい〔メイスを〕。

[8.59.25] 王よ、それからビーマは、人と象と馬に素早くメイスを投げつけた。かのメイスは多くの馬と騎士を殺した。

[8.59.26] パーンドゥの息子は、銅や鉄の鎧を着た人と馬をメイスで殴りつけて殺し、彼らは音を立てて倒れた。

[8.59.27] 偉大なる武勇のビーマセーナはかの象の軍を殺し、再び自分の戦車に乗って、後ろからアルジュナに近づいた。

[8.59.28] 王よ、背を向けてほとんどが殺されて動かなくなった大軍は、武器に囲まれてほとんどが倒された。

[8.59.29] かの残った軍が倒され生気を失っているのを見て、アルジュナは生命を燃やす矢で覆った。

[8.59.30] それからクルの恐れる声が大戦場にあった。戦車と馬と象の息を奪うアルジュナの弓で殺されたのである。

[8.59.31] 「ああ」と恐れた声を上げながら動かず互いに抱き合って、あなたの軍はその時半分焼けた車輪のように震えていた。

[8.59.32] 焼かれたあなたの軍は矢で鎧を貫かれて、花開いたアショーカの林のように自らの血で濡れていた。
[8.59.33] そこにサヴャサーチンが来るのを見て、すべてのカウラヴァはカルナの生命に希望がないと感じられた。
[8.59.34] しかし戦いでアルジュナの放つ矢に耐えられないと考えて、カウラヴァはガーンディーヴァ弓に射られて逃げ出した。
[8.59.35] 戦場で矢に射られた彼らはアルジュナを避けて恐れてあちこちに逃げ去り、カルナを大声で叫んで呼んだ。
[8.59.36] アルジュナはかの軍に何百もの矢を浴びせ、ビーマセーナの率いるパーンダヴァの軍を喜ばせた。
[8.59.37] 王よ、あなたの息子たちはカルナの戦車に向かった。その時カルナは底なし沼に沈む彼らの島であった。
[8.59.38] 王よ、実にカウラヴァは毒のない蛇のように、ガーンディーヴァ弓への恐れからカルナのみを頼りとしていた。
[8.59.39-40] バーラタよ、死を恐れる業のある全ての生き物が法のみをよりどころとするように、人の王よ、あなたの息子たちは、パーンダヴァの偉大な魂のものへの恐れから、偉大な射手であるカルナをよりどころとしたのである。

[8.59.41] 血に濡れて心が乱れ矢を恐れる者たちに、恐れを知らないカルナは「恐れるな、私のところに来い」と言った。

[8.59.42] アルジュナによってその力に意気消沈したあなたの軍を見て、カルナは弓を引き敵を倒さんとして立っていた。そしてサヴャサーチンの見ているところで再びパンチャーラに向かって行った。

[8.59.43] それからすぐに、血のような目をした王たちが、雲が山に対するように、カルナに矢の雨を降らせた。

[8.59.44] 王よ、それからカルナの放った数千の矢が、生きる者たちの王よ、パンチャーラから生命を奪った。

[8.59.45] 王よ、それから敵を倒すパンチャーラには、味方のために攻撃するカルナによって攻撃されて大きな声が上がった。

第60章

サンジャヤは言った。

[8.60.1] 王よ、それから、御者の息子たるカルナは、白馬に乗り鎧を着た〔アルジュナ〕にクルが攻

撃されると、パンチャーラの息子たちを偉大な弓で攻撃した。あたかも風が雲に対するように。

[8.60.2] ジャナメージャヤの御者をアジュニャリカで戦車から落として馬を殺した。シャターニカとスタソーマを矢で攻撃し、弓をも切り裂いた。

[8.60.3] カルナは戦場でドリシュタデュムナを六本の矢で貫き、彼の賢い馬を殺した。サートヤキの馬を殺してから、カイケーヤの息子ヴィショーカを殺した。

[8.60.4] 息子が殺された時、カイケーヤの軍団長は恐ろしい弓で彼を攻撃した。彼は恐ろしく強い矢で、カルナの息子スシェーナを射て攻撃した。

[8.60.5] カルナは三本の半月型の矢で力ずくで軍団長の腕と頭を切り落とした。彼は戦車から地面に落ち命を失った。斧で倒されたシャーラの木のように。

[8.60.6] スシェーナは高速の鋭い矢で、馬を殺されたシニの英雄サートヤキを覆って踊っているようだったが、サートヤキの矢に射たれて倒れた。

[8.60.7] 息子を殺され心が怒りに満たされたカルナは、シニの牡牛を殺すことを望んだ。「お前はもう死んでいる、サートヤキよ」と言って、敵を殺す矢を放った。

[8.60.8] シカンディンは三本の矢でカルナの矢を射落とし、もう三本でカルナを射た。カルナは二本の矢でシカンディンの弓と旗を破壊し、かの良き生まれのものを殺した。

[8.60.9] 恐ろしきカルナはシカンディンを六本の矢で攻撃し、ドリシュタデュムナの息子の首を切

り落とした。そうしてかの偉大な魂の王子は鋭い矢でスタソーマを貫いた。

[8.60.10] さて、ドリシュタデュムナの息子が殺されて恐ろしい戦いが続く中、クリシュナは「パンチャーラが全滅した。行けアルジュナよ、カルナを殺せ」と言ったのである、獅子王よ。

[8.60.11] それから英雄アルジュナは力ずくで急いで、カルナ王子の戦車へと戦車で向かった。戦車を率いて恐怖の中で殺されかけている彼らを助けることを望みながら。

[8.60.12] そしてガーンディーヴァを引いて恐ろしい音を上げ、弓の弦で掌を強く打ち、一度に矢の暗闇を作り出して、象、馬、人を殺し戦車を壊した。

[8.60.13] ビーマセーナは、かのパーンダヴァの一人の英雄を戦車によって後ろで守りながら進んだ。二人の王子は二台の戦車で敵に避けられてカルナの方に向かった。

[8.60.14] その間に、偉大なカルナはソーマカを殲滅しながら戦っていた。彼は戦車を壊し馬と象の群れを殺し、あらゆる方角を矢で覆った。

[8.60.15] ウッタマウジャスとジャナメージャヤ、激怒したユダーマニュとシカンディンが、ドリシュタデュムナとともに協力して攻撃しながら、矢でカルナを射た。

[8.60.16] 彼ら五人のパンチャーラの戦士たちは、その良き姿をもってカルナを攻撃したが、その戦車から振り落とすことはできなかった。完全な魂の者を感覚器官がその堅固さから振り落とせないように。

[8.60.17] 彼らの弓と旗と馬と御者と矢筒と戦旗を矢で破壊して、カルナは五本の矢で彼らを射た。

それから獅子の如く咆哮した。

[8.60.18] カルナが彼らを殺そうと放つ、手に弦と矢がある弓の音で、山と木々を有する大地は粉々になるだろうと考えて、人々は震え上がった。

[8.60.19] カルナは、インドラの弓にも似た弓を強く引いて矢を射た。戦場には輝く光輪が現れた。太陽が光輪を放つように。

[8.60.20] カルナは十二本の鋭い矢でシカンディンを、六本でウッタマウジャスを貫き、三本の矢でユダーマニュを、そして三本ずつの矢でジャナメージャヤとドリシュタデュムナを射た。

[8.60.21] 王よ、五人の偉大な戦士は戦場でカルナに敗れた。敵を倒す彼らは生気を失って立っていた。感覚器官の対象がアートマンを確信したものに敗れるように。

[8.60.22] さて、カルナという海に溺れた彼らを、海で船が難破した商人が船で海から救われるように、ドラウパディーの子らはよく武装した戦車で自分の叔父たちを助けようとした。

[8.60.23] それからシニの牡牛（サートヤキ）は鋭い矢でカルナの放った多くの矢を切り裂き、鉄製の矢でカルナを射て、あなたの長男を八本の矢で貫いた。

[8.60.24] クリパとボージャもあなたの息子と同様に、そしてカルナ自身も、矢で攻撃した。かのヤドゥで最上の者（サートヤキ）は四人と戦った。ダイトヤの王が四方の王と戦ったように。

[8.60.25] 強い力で引き絞られた唸る弓で、無数の矢の雨を降らせたサートヤキは、秋空の中天の太陽のようにさらに不敗となった。

[8.60.26] 再び武装して戦車に乗ったパンチャーラの戦士たちは、協力してシニの最高の英雄を守った。マルットの軍が敵を倒す際にシャクラを守ったように。
[8.60.27] それからあなたの敵とあなたの軍の間の戦車と馬と象を失う戦いはますます激しくなった。かつての神と悪魔の戦いのように。
[8.60.28] 戦車、象、馬、歩兵もまた様々な武器に攻撃されてさまよっていた。互いに殺し合い倒れ、死を怖れて倒れながら叫んだ。
[8.60.29] そのような時、恐れを知らないあなたの次男が矢を射ながらビーマに近づいた。ビーマも急いで攻撃した。獅子が大きな鹿に近づくように。
[8.60.30] それからの全てを超越し互いに譲らぬ怒りに満ちた二人の戦いは、命を賭けた遊戯のように、人智を超えたものとなった。シャンバラとシャクラの恐ろしい戦いのように。
[8.60.31] 狙いを定めた決死の矢によって、二人は互いに殺すことを強く望んだ。一頭の雌の象を巡って対立した二頭の巨象が愛に執着して戦うように。
[8.60.32] そしてビーマは高速で二本の矢であなたの息子の弓と旗を破壊した。彼の従者の額を貫き、御者の首を体から切り離した。
[8.60.33] かの王子は別の弓を手にして、ビーマを十二本の矢で攻撃した。自ら馬を操りながら、真っ直ぐな矢で再びビーマを射た。

第61章

サンジャヤは言った。

［8.61.1］そこで、ドゥフシャーサナ王子は、激しく戦いながら、難しい義務をこなした。一本の矢でビーマの弓を断ち切り、六本の矢で御者をも討ち取った。

［8.61.2］偉大な魂の彼はそれから素早く多くの優れた矢でビーマセーナを射た。彼は傷ついた象のように血を流しながら、混乱した戦いの中でメイスを彼に投げつけた。

［8.61.3］ビーマセーナは、そのメイスによって力ずくでドゥフシャーサナを弓十本分の距離まで吹き飛ばし、そのドゥフシャーサナは強力なメイスによって震えながら攻撃されて倒れた。

［8.61.4］人中のインドラよ、御者と馬は殺され、その戦車は落ちてくる〔武器〕で粉々になった。鎧、装飾、衣服、花輪は壊れ、身悶えしながら強い苦しみに襲われた。

［8.61.5］それから強きビーマセーナは、あなたの息子たちが行った敵対行為を思い出し、戦車から飛び降りて地面に降り、彼を必死で見た。

［8.61.6］鋭い剣を掲げて震える者の喉元に突きつけ、地面に落ちた者の胸を切り裂いて、彼の生暖かい血を飲んだ。繰り返し味わって、激怒して見つめながらこう言った。

[8.61.7] 母の乳、蜜、濾過したバター（ギー）、あるいは上等な蜜の酒、神の水を飲むよりも、水とサワークリームよりも、最高の牛乳よりも、その全てよりも、今日殺した血のこの味は勝っていると私は考える。

[8.61.8] このように言いながら再び走ってきて味わい跳ね回る上機嫌な彼をその時見たものは、恐れに震え倒れ込んだ。

[8.61.9] その場にいた人間たちの手からは武器が落ちた。彼らは恐れから高く叫び、目を閉じてしまって見ることがなかった。

[8.61.10] その周囲にいたものは、ビーマがドゥフシャーサナの血を飲むのを見たが、全員が「この者は人間ではない」と言いながら恐れに震えて逃げ出した。

[8.61.11] そしてビーマは世界の英雄が聞いている中でこのように言った。「この私はお前の血を飲んでいるぞ、最低の人間よ。今一度『この獣め』と怒り狂って言ってみよ。

[8.61.12-14] プラマーナコーティでの眠りも、致死の毒を飲まされたことも、毒蛇に噛まれた痛みも、樹脂の家を焼かれたことも、賭け事で王位を奪われたことも、森に住んだことも、戦いにおける弓矢も、家における不幸も、これらの苦しみを我々は知っているが、幸福は一切知らない。ドリタラーシュトラとその息子の邪悪さによって。」

[8.61.15] 王よ、こう言ってビーマは勝利を手にし、笑いながら再びクリシュナとアルジュナに言った。

[8.61.16] 英雄たちよ、私は戦場でドゥフシャーサナに関する誓いを立てたが、その誓いは全て今日ここで果たされた。今日こそ、私は二人目の敵であるドゥルヨーダナを犠牲獣として祭火にくべよう。カウラヴァの者たちの見ている前であの邪悪な魂の者の頭を足元に叩き落として、平和を得よう。

[8.61.17] このように言って、上機嫌なビーマは、血に濡れた体で高く叫び踊った。あたかも、偉大な魂の一〇〇〇の目を持つ者（インドラ）がヴリトラを殺した時のように。

第62章

サンジャヤは言った。

[8.62.1] 一方、偉大な戦車乗りであるあなたの息子たちは、戦いに没頭していたが、ドゥフシャーサナが殺されて、大いなる怒りという毒に満ち、かの十人の王子たちは勇敢にもビーマを矢で攻撃した。

[8.62.2] その十人とは、カヴァチン、ニシャンギン、パーシン、ダンダダーラ、ダヌダラ、アロールパ、シャラ、サンダ、ヴァータヴェーガ、スヴァルチャスであった。

[8.62.3] 兄弟を失い悲しんだ彼らは、合流し協力して矢で偉大な力を持つビーマセーナを攻撃した。

[8.62.4] ビーマはかの偉大な戦車乗りたちにあらゆる方向から矢で攻撃されながら、怒りに赤くなった眼をしていた。カーラのように激怒して。
[8.62.5] 一方アルジュナは、金の軸で金の羽根をつけた強力な三日月型の矢を十本ずつ放ち、彼らをヤマの棲家に送った。
[8.62.6] かの英雄たちが殺されて、あなたの軍は、パーンダヴァの王子が見ている前で恐れて逃げ出した。
[8.62.7] 王よ、それからカルナは、生き物に対する死の如きビーマの武勇を見て、大戦場に入ってきた。
[8.62.8] 敵を殺す者よ、そして彼の状態を読むのに長けた、集会を輝かせるシャルヤは、そのときにふさわしい言葉をカルナに言った。「カルナよ、恐れるな。あの行いはあなたになされたものではない。
[8.62.9] かの王たちは、ビーマセーナへの恐れから逃げ出している。ドゥルヨーダナは兄弟を失った苦しみで我を失っている。
[8.62.10-11] カルナよ、偉大な魂の者がドゥフシャーサナの血を飲んでいる時、心が打ちのめされ憂いが怒りに勝った、クリパをはじめとする生き残った兄弟たちは、集まってドゥルヨーダナを囲んで座っている。
[8.62.12] アルジュナの率いる、目的をまだ果たしていないパーンダヴァの戦士たちが、まさにあな

たに向かって戦うために立ち上がっている。

［8.62.13］人中の虎よ、あなたは偉大な力の上に立っている。クシャトリヤの法を目の前で実践し、アルジュナに立ち向かえ。

［8.62.14］実に、ドリタラーシュトラの子によってあなたに全ての負荷がかかっている。偉大な力の者よ、その力と武勇にふさわしく、その負荷に耐えてくれ。勝利すれば大きな名声があり、勝てなければ天国間違いなしだ。

［8.62.15］カルナよ、あなたの息子のヴリシャセーナも、混乱に陥ったあなたに激怒して、パーンダヴァに突進している。」

［8.62.16］シャルヤのこの測り難い光を持つ言葉を聞いて、人の心が蘇り、戦いに向かって堅固なものとなった。

［8.62.17］それから怒れるヴリシャセーナは、乗っている自分の戦車を、敵を殺しカーラのようにメイスで武装し斧を持ちあなたの〔軍〕を攻撃しているビーマに向けた。

［8.62.18］ヴリシャセーナを攻撃していた英雄ナクラは、怒って敵を攻撃し、ジャンバを戦場で喜んで殺すマガヴァットのように、カルナの息子を殺そうとした。

［8.62.19］それから英雄ナクラは、カルナの息子の輝く水晶で飾った旗を矢で切り裂き、鉄製の矢で、金のタブレットで繋がれた矢と飾りを破壊した。

［8.62.20］そこでカルナの息子は極めて素早く別の弓を取り出し、パーンダヴァを攻撃した。偉大な

武器を持つカルナの息子は、その神がかった武器で、ドゥフシャーサナの仇であるナクラを攻撃しようとした。

[8.62.21] それから怒れる偉大な魂のナクラは彼を流星の如き矢で攻撃した。武器に通じたカルナの息子も、その神がかった武器でナクラを攻撃した。

[8.62.22] 王よ、カルナの息子は最高の武器で、極めて繊細なナクラの、ヴァナーユ種の、白い、金で飾られた足の速い馬をすべて殺した。

[8.62.23] それからナクラは、馬を殺された戦車から降りて、八つの月を持つ美しい盾を持ち、空にも似た剣を掴んで鳥のように飛び回って進んだ。

[8.62.24] そうしてナクラは、空中で様々な道を進みつつ、優れた人間と馬と象を殺した。〔殺された者たちは〕剣で切り刻まれて地面に倒れた。アシュヴァメーダ祭で執行者によって〔切り刻まれる〕獣のように。

[8.62.25] 二〇〇〇人の、訓練され、戦いに酔い、様々な出身で、高給取りの、誓いを守る、最高の白檀を身につけたかの英雄たちは、勝利を望むナクラ一人に速やかに殺された。（異本による）

[8.62.26] カルナの息子は攻撃しているナクラに近づいて、突然矢で攻撃した。矢で攻撃されたナクラは、かの英雄に反撃した。攻撃された彼は怒っていた。

[8.62.27] ナクラ一人に対して、カルナの息子は、兵士、馬、象、戦車を率いて、戦いで遊んでいる

ナクラを十八本の矢で攻撃した。攻撃された彼は怒っていた。

[8.62.28] それから、戦場でカルナの息子を殺さんとして、パーンドゥの子の英雄は攻撃した。カルナの息子は、大戦場で、その弓で一〇〇〇の星を持つ盾を切り裂いた。

[8.62.29-30] ナクラは自らの鉄製の鋭い抜身の重く暴力的な、敵の身体を切り裂く恐ろしい、蛇のように凶暴な剣を振り回していたが、敵を殺す者〔ヴリシャセーナ〕は即座に六本の鋭い恐ろしい矢で剣を破壊した。そして再び金の鋭い矢で心臓を深く貫いた。

[8.62.31] かのマードリーの息子（ナクラ）はカルナの息子に焼かれ、馬を殺されたビーマセーナの戦車に、アルジュナの見ている前で、獅子が山の頂上に飛び上がるように飛び乗った。

[8.62.32] そしてナクラが弓と剣を壊され、戦車を失い、敵の矢に苦しめられ、カルナの息子の武器に攻撃されているのを見て、風に揺れる旗が音を立て、馬が飛ぶように走り、優れた人に御されたかの戦車群が急いでやってきた。

[8.62.33] それはドルパダの優れた五人の息子、六人のシニの子、五人のドルパダの娘の子という敵を殺す者たちだった。武器に通じた彼らは、あなたの象と戦車と人と馬を蛇にも似た矢で殺し壊した。

[8.62.34] そこであなたの主たる戦車乗りたちが急いで、象か雲のように音を立てる戦車と弓で、彼らに立ち向かった。それはフリダカの息子とクリパ、ドローナの息子とドゥルヨーダナ、シャクニ、シュカ、ヴリカ、クラータとデーヴァーヴリッダであった。

[8.62.35] 王よ、あなたの優れた英雄たちは、かの十一人の勇士を最上の優れた矢で傷つけながら押し留めた。クニンダたちは新しい雲のような山頂にすら見える勇猛な象で彼らに立ち向かった。

[8.62.36] 良い装備をつけ、ヒマラヤ生まれの、ひどく興奮して戦場を望む、有能な騎手の乗った、金の網で飾られた象たちは、輝く雲のようであった。

[8.62.37] クニンダの息子は十本の大きな鉄製の矢でクリパを馬と御者ごと強く攻撃した。それからシャラッドヴァットの息子の矢で殺され、象とともに地面に倒れた。

[8.62.38] 一方クニンダの息子の弟は太陽光にも似た鉄製の斧で戦車を攻撃して大声を上げたが、その首をガンダーラの王が切り落とした。

[8.62.39] そうしてクニンダが滅ぼされて、あなたの偉大な戦車乗りたちは喜んだ様子で、海で取れた〔法螺貝〕を吹き、鉄の弓を手に持って敵を攻撃した。

[8.62.40] そしてクルとスリンジャヤたちパーンダヴァの戦いは再び激しくなった。矢、剣、シャクティ、両刃剣、メイス、斧によって、人と馬と象の命がひどく無秩序に奪われた。

[8.62.41] それから、戦車、馬、象、歩兵たちが互いに殺し合い地上に倒れた。雷光と雷鳴を伴う雲が集まってあらゆる方角から恐ろしい風を吹かせているように。

[8.62.42] そしてあなたの軍の象、戦車、歩兵の軍勢はシャターニーカに殺されて倒れ、ボージャがそこで倒れた馬を殺した。武器を失った象はクリタヴァルマンに殺された。

[8.62.43] その頃、他にも、あらゆる装備を持ち戦旗を掲げた三頭の象が、アシュヴァッターマンの矢で殺され、生命を失って大地に倒れた。雷に打たれた山のように。

[8.62.44] クニンダの王の弟のすぐ下の弟はあなたの息子の胸の中心を羽根のある優れた矢で撃ち抜いた。あなたの息子は鋭い矢で彼の身体と象を切り裂いた。

[8.62.45] かの象の王は王子とともにあらゆるところから多くの血を流しながら倒れた。シャチーの雷に打たれた雲からきた水が代赭石の山を流れるように。

[8.62.46] クニンダの王子を殺された別の象が、御者と馬と戦車ごとシュカを殺した。それからクラータの矢に射られて主人とともに倒れた。雷に打たれた山のように。

[8.62.47] 不敗のクラータの王は、山生まれの象の背に乗った戦士の放った矢で殺されて落ちた。馬と御者と弓と旗も同時に落ちた。大木が風に倒れるように。

[8.62.48] ヴリカは象に乗った山の王の子を十二本の矢で激しく射た。その直後に〔象は〕四本の足で即座にヴリカを馬と戦車ごと踏み潰した。

[8.62.49] かの御者の乗った象の王は倒れ、バブルの息子の矢で殺された。かのデーヴァーヴリッダの息子もサハデーヴァの息子に攻撃され殺されて倒れた。

[8.62.50] クニンダの子は、殺人的な牙と鼻と足の象でシャクニを殺すために勇猛に進み彼を攻撃したが、彼の首をガンダーラの王が切り落とした。

[8.62.51] それから、シャターニーカに殺されたあなたの巨象と馬と戦車と歩兵たちは、ガルダの羽

根が起こした風で殺された蛇のように、力を失って粉々になった。
[8.62.52] そうしてクニンダの息子は、ナクラの息子に近づいて多くの鋭い矢で攻撃したが、ナクラの息子は彼の四肢を切り刻み、首は刃で切られて、蓮の花にも似ていた。
[8.62.53] そしてカルナの息子は、シャターニーカを三本の鋭い矢で、アルジュナを同じく三本の矢で、ビーマには三本、ナクラには七本、ジャナールダナには十二本の矢で攻撃した。
[8.62.54] 彼のこの人間離れした攻撃を見て喜んだクルたちは彼を称賛したが、アルジュナの力を知る彼らは「この者はすでに火に捧げられた」と考えた。
[8.62.55] それから英雄殺しのアルジュナは、馬を殺された人中の最高のものたるヴリシャセーナを見て、戦場で彼を攻撃した。彼はその時カルナの前に立っていた。
[8.62.56] 偉大な戦車乗りたるカルナの息子は、大戦場で、一〇〇〇本の矢を持ってやってくるかの恐ろしい英雄を攻撃した。かつてナムチがインドラを攻撃したように。
[8.62.57] そして極めて偉大なカルナの息子は、一〇〇本の素晴らしい鋭い矢でアルジュナを攻撃し、大声で叫んだ。かつてナムチがインドラを攻撃した時のように。
[8.62.58] ヴリシャセーナは再びアルジュナの腕の付け根の中心を恐ろしい矢で射て、同様にクリシュナを九本の矢で攻撃しつつ、再びアルジュナを十本の鋭い矢で攻撃した。
[8.62.59] それから偉大な魂のアルジュナは、戦場の先頭で、王よ、怒りから眉を額で三本の皺にして、戦場でカルナの息子を殺すために鋭い矢を放った。

[8.62.60] アルジュナは即座に力ずくで十本の矢でカルナの息子の急所を攻撃した。彼の弓と両手と頭を四本の恐ろしい矢で切り裂いた。

[8.62.61] カルナの息子はアルジュナの矢に射られて、腕と頭を失って戦車から落ちた。花開き多くの葉をつけた巨大なシャーラの木が風に吹かれて山頂から落ちるように。

[8.62.62] 矢に射られて戦車から落ちる息子を見て、カルナは即座に息子を殺された怒りに燃えて、アルジュナの戦車に自らの戦車で向かった。

第63章

サンジャヤは言った。

[8.63.1-2] ヴリシャセーナが殺されたのを見て、耐えられない悲しみにとらわれたカルナは、悲しみから生まれた涙を両目から流して、英雄カルナは思わず戦意を抑えられず赤い目をして、アルジュナを戦いに呼び出し戦車で敵に向かった。

[8.63.3] 太陽にも似た二台の虎の皮で飾った戦車は、その場で対峙して、二つの太陽が出会ったように見えた。

[8.63.4] 白馬に乗って立っている敵を殺し偉大な魂の二人は、天空における太陽と月のようであった。

[8.63.5] 王よ、三界を征服するためにに準備しているインドラとヴァリのような二人を見て、全ての生き物は戦いた。

[8.63.6-7] 戦車と弓の弦と手を合わせる音を出し、矢と法螺貝の音と叫び声を上げ、二台の戦車が激突するのを見て、さらに二人の掲げる戦旗、すなわちカルナの戦旗は獅子、アルジュナのそれは猿を見て、王たちには驚きが生じた。

[8.63.8] バーラタよ、二台の戦車が激突するのを見て、王たちは獅子のごとき叫びと彼らを讃える大きな声を上げた。

[8.63.9] その場に集まった戦士たちは、二人による二台の戦車の一騎打ちを見て、腕を鳴らし、身に帯びた装飾を揺らした。(異本による)

[8.63.10] その場にいたクルたちは、その時、カルナを励まして、大きな音で楽器を鳴らし法螺貝《ほらがい》を吹いた。

[8.63.11] 同様にすべてのパーンダヴァたちもアルジュナを励まし、楽器と法螺貝の音を全方角に鳴らした。

[8.63.12] カルナとアルジュナが相対する時、あらゆるところは腕を鳴らす音と叫び声によって騒然となり、戦士たちは大声を上げた。

[8.63.13] 二人は戦車に乗った人中の虎であり、戦車乗りの英雄であり、大きな弓を掴み、矢とシャクティ(槍)とメイスで武装していた。

[8.63.14] 二人とも鎧を身に着け、剣を持ち、白馬に乗り、法螺貝で装飾し、優れた矢筒をくくりつけ、見目が良かった。
[8.63.15] 手足に赤い白檀《びゃくだん》をつけ、凶暴な牡牛のようであった。牙をむいた毒蛇にも似て、時間の終わりのヤマのようでもあった。
[8.63.16] インドラとヴリトラのように怒り、太陽と月のように輝き、ユガの終わりに現れたラーフのように残酷であった。
[8.63.17] カルナもアルジュナも神の子であり、神に似て、見た目には神と同等であった。二人の人中の虎は相対した。
[8.63.18] 二人とも強力な武器を持ち、戦いに長け、大声で大気を響かせた。
[8.63.19] どちらも人知を超えた力で音に聞こえており、戦いにおいてはシャンバラとアマラと似ていた。
[8.63.20] 戦いにおいてはカールタヴィーリヤと同等で、ダーシャラティとも同等であった。武勇においてはヴィシュヌのそれと同等で、戦いにおいてはバヴァと同等であった。
[8.63.21] 王よ、どちらも白馬に乗り、最も優れた戦車に乗っていた。彼らには大きな力があった。
[8.63.22] 大王よ、輝く彼ら二人の戦車乗りを見て、シッダとチャーラナの集団には驚きが生じた。
[8.63.23] バラタの牡牛よ、そしてドリタラーシュトラの陣営は、兵士とともに、即座に戦いで輝く偉大な魂のカルナを取り囲んだ。

[8.63.24] 同様にパーンダヴァたちもドリシュタデュムナに率いられて、喜んで、戦いで無敵の偉大な魂のアルジュナを取り囲んだ。

[8.63.25] 王よ、カルナはあなたの軍の戦いというゲームの趨勢を決める者となり、同様にアルジュナもパーンダヴァの者たちにとってゲームの行く末を決定する者となった。

[8.63.26] その場でそれぞれに属していた者たちは、同様にゲームの審判となった。その場にいたゲームに賭けている彼らにとって、勝敗は確かなものであった（それぞれ自分側が勝つと確信していた）。

[8.63.27] 二人の勝つか負けるかの戦いというゲームが始まった。それは最前線に立っていた我々とパーンダヴァにとって勝つか負けるかであった。

[8.63.28] 王よ、戦場に立ち戦いで輝く二人は、互いに戦いに没頭し、互いの敗北を望んでいた。（異本による）

[8.63.29] 両者はインドラとヴリトラのように互いを滅ぼすことを望んでいた。衝突する二つの彗星のように獰猛な姿をしていた。

[8.63.30] バラタの牡牛よ、それからカルナとアルジュナに関して、空には嘲りと議論と相違が生き物たちの間に生じた。王よ、全世界は全方位で意見を異にしていた。

[8.63.31] 神と悪魔とガンダルヴァ、精霊、蛇、悪鬼たちはカルナとアルジュナの邂逅について相反する意見を有していた。

[8.63.32] 王よ、空は星々とともに熱心にカルナの側につき、広い大地は、母が子の味方をするようにアルジュナの側についた。

[8.63.33] 人中の最上の者よ、海と川と木々、ハーブはここでアルジュナの側についた。

[8.63.34] 敵を殺す者よ、悪魔と邪悪な魂、グフヤカ、空を往くものとカラスはカルナの側についた。

[8.63.35-36] 宝石と全ての宝物、ヴェーダと五つ目〔のヴェーダとして〕の物語は、ヴェーダ付随文献やウパニシャッド、魔術、集成論集、蛇王ヴァースキとチトラセーナ、タクシャーカとウパタクシャカ、同様にすべての山々、カドルの子らとその子孫、毒のある大蛇、龍はアルジュナの側についた。

[8.63.37] アイラーヴァタ、スラビの子ら、ヴィシャーラの子ら、ボーギンたちはアルジュナ側につき、小さな蛇たちはカルナ側についた。

[8.63.38] 王よ、狼、狩人、鹿、幸運の動物たち、卵生の動物たちはすべてアルジュナの勝利に賭けた。

[8.63.39] ヴァス神群、マルット神群、サーディヤ神群、ルドラ、精霊、アシュヴィン双神、アグニ、インドラ、ソーマ、パヴァナ、十方角はアルジュナ側につき、アーディトヤ神群はカルナ側についた。

[8.63.40] 神々は祖霊たちとともに軍団を有するアルジュナの側についた。ヤマ、ヴァイシュラヴァナ、ヴァルナもアルジュナ側に回った。

[8.63.41] 神、ブラフマン、王の聖仙たちの集まりはパーンダヴァ側についた。王よ、トゥンブルを筆頭とするガンダルヴァたちもアルジュナの側についた。

[8.63.42-43] マウネーヤたちとともにプラヴェーヤたち、ガンダルヴァとアプサラスの集団、狼と狩人と鹿とともに、戦車と歩兵とともに象たちも、同様に様子を見ていた詩人たちも雲と風とともに、カルナとアルジュナの戦いを見るために集まってきた。

[8.63.44-45] 神、ダーナヴァ、ガンダルヴァ、ナーガ、ヤクシャ、鳥たち、ヴェーダを知る偉大な聖仙たち、亡くなった祖霊たち、同様に苦行者、ハーブ、様々な姿の空の光が、大きな音を立てながら空に座した、王よ。

[8.63.46] ブラフマンはブラフマンを知る聖仙と造物主とともに、またバヴァとともに乗り物に座し、天空の自らの場所にやってきた。

[8.63.47] 神々は造物主を見て自ら空にやってきて〔言った〕。「神よ、この二人の人中の獅子の勝利は同等であるべきだ」と。

[8.63.48] それを聞いてインドラはブラフマンに敬礼して〔言った〕。「カルナとアルジュナによって全世界の破壊をもたらすべきではありません。

[8.63.49] スヴァヤンブーよ、あなたは『この二人の勝利は同等であるべきだ』といいました。我が偉大なものよ、そのようにして私にあなたを喜んで敬礼させてください」と。

[8.63.50] そしてブラフマンとシヴァは三界の主宰者にこう言った。「偉大な魂のアルジュナの勝利

は確かである。

[8.63.51] 賢明で、力があり、勇敢で、武器に通じ敬虔で、偉大な光を持ち弓を知り比べるものがない。

[8.63.52] 彼はその魂の偉大さによってその運命を両極端から乗り越えるだろう。乗り越えた時、世界には常なる非在があるであろう。

[8.63.53] 二人のクリシュナが怒っている時、どこにも安息はない。実に、二人の人中の牡牛は有と無の創造者である。

[8.63.54] 彼らはナラとナーラーヤナであり、古き最高の聖仙である。支配されることなく、支配者であり、恐れを知らぬ敵を殺すものである。

[8.63.55] 人中の牡牛カルナが筆頭となってこの世界を獲るべきである。英雄カルナは勇敢だが、勝利は二人のクリシュナにあるべきだ。

[8.63.56] カルナはドローナとビーシュマとともにマルットかヴァスと同じ世界にいて天界で崇拝されるべきである。」

[8.63.57] このように神の中の神二人に言われて、インドラは全ての生き物をブラフマンとシヴァの命によって敬礼させてから次のように言った。

[8.63.58] 汝らの聞いたお二人の言葉は世界の繁栄のためである。そのとおりであってその他にはない。心を鎮めて立て。

[8.63.59] 王よ、このようなインドラの言葉を聞いて、あらゆる生き物たちは驚いて、王よ、彼に敬礼した。

[8.63.60] そして神々は、神の楽器を鳴らしながら、空から、良い香りの、様々な色の花びらを降らせた。

[8.63.61] すべての神とダーナヴァとガンダルヴァは、二人の人中の獅子の無比なる一騎打ちを見ることを望んで待っていた。二台の戦車は、白馬に引かれ、旗を結びつけ、大きな音を立てていた。

[8.63.62] バーラタよ、集まった世界の英雄たちは、それぞれ法螺貝を吹いた。クリシュナとアルジュナという二人の英雄と、カルナとシャルヤに。

[8.63.63] その時、臆病なものに恐れを抱かせる戦いが始まった。互いに譲らぬ二人の英雄は、シャクラとシャンバラのようであった。

[8.63.64] 二人の旗は汚れがなく、戦車にあって輝いていた。それぞれの姿でなびきながら、戦いで互いに怒っていた。

[8.63.65] カルナの蛇のような、宝石でできているかのように強靱な、インドラの弓にも似た象の旗は輝いていた。

[8.63.66] 一方アルジュナの最上の猿は、口を開いて恐れを生むものであり、歯によって恐れさせる、太陽のように見がたいものであった。

[8.63.67] 戦いを望む旗はガーンディーヴァ弓となり、カルナの旗に落ちて音を立てて引き裂いた。

[8.63.68] 勇猛な猿は旗に飛びついて爪と歯で攻撃した。ガルダが蛇を攻撃するように。

[8.63.69] 小さな珠で装飾され、ヤマの締め縄にも似て鉄で出来ているような象の旗は、激怒して猿を攻撃した。

[8.63.70] サイコロ賭博の結果としての両者の最初の一騎打ちは、旗が戦い始めたことで火蓋が切られた。そして一方の馬が他方の馬に嘶いた。

[8.63.71] 蓮の花の目を持つクリシュナが、視線の矢でシャルヤを射た。シャルヤもまたクリシュナを同様に見つめた。

[8.63.72] この戦いでクリシュナはシャルヤに視線の矢で勝利した。クンティーの息子アルジュナもカルナに視線で勝利した。

[8.63.73] そして御者の息子カルナはシャルヤに笑って言った。「もし今日戦いでアルジュナが何らかの手段で私を殺したら、その後お前はどうするのか真実を言ってくれ、友よ」と。シャルヤは言った。

[8.63.74] カルナよ、もし今日アルジュナがあなたを殺したなら、私が一人で戦ってアルジュナとクリシュナを殺そう。

サンジャヤは言った。

[8.63.75] アルジュナもクリシュナにまさに同じようなことを言った。クリシュナは笑ってアルジュナに以下のように言った。

[8.63.76] 太陽がその居場所から落ちることも、大地が粉々になることもある。火が冷たくなることもあるだろう。しかしカルナがあなたを殺すことはない、アルジュナよ。

[8.63.77] しかしもしそのように世界がひっくり返るようなことが起こったなら、この両腕のみで戦って、カルナと、同様にシャルヤを私が殺そう。

[8.63.78] このようなクリシュナの言葉を聞いて、猿の旗を持つアルジュナは笑いながら動じない様子のクリシュナにこう言い返した。「クリシュナよ、かのカルナとシャルヤであっても、私には至らない。

[8.63.79] カルナを、戦旗と旗ごと、シャルヤと戦車と馬ごと、傘と鎧ごと、シャクティと矢と鉄製の矢ごと。

[8.63.80] そう、今日そのカルナを戦いにおいて矢で粉々にするのを見ていてください。今日彼を戦車ごと、馬ごと、シャクティと鎧と盾ごと〔粉々にするのを〕。私はかつて〔あなたを〕『クリシュナー』と笑った野蛮さを許すことができません。

[8.63.81] クリシュナよ、今日私がカルナを殺すのを見ていてください。花咲く木が狂った象に〔倒

される〕ように。

[8.63.82] クリシュナよ、今日甘い言葉を聞いてください。今日、アビマニュの母を、負債を払ったあなたが喜ばせてあげてください。叔母のクンティーを心から喜んで〔喜ばせてあげてください〕、クリシュナよ。

[8.63.83] クリシュナよ、今日泣きぬれた顔のクリシュナーを慰めてあげてください。甘露にも勝る言葉で法の王ユディシュティラを〔慰めてあげてください〕。」

第64章

サンジャヤは言った。

[8.64.1] さて、神とナーガと悪魔とシッダの集まり、ガンダルヴァとヤクシャとアプサラスの集まりとともに、ブラフマンを知る聖仙、王を知る聖仙、スパルナ鳥で満ちた空は、驚いた様子だった。

[8.64.2] 空は楽器と歌と讃歌による美しい音と踊りで満ちており、人々は全ての天空に、空に座す者たちが驚いた様子なのを見た。

[8.64.3] それから喜んだクルとパーンダヴァの戦士たちは、楽器と羽根のついた武器と獅子の咆哮

による音で大地と方位を響かせながら、すべての敵を殺した。

[8.64.4] 様々な無数の馬、象、戦車で満たされ、降ってくる優れた剣とシャクティと両刃の剣に耐えられず殺された身体で満ちた戦場は、赤く染まった。

[8.64.5] こうして射手たちの殺し合いが始まると、アルジュナとカルナはそれぞれ鎧を着て鋭いまっすぐな矢で方位と兵士を覆った。

[8.64.6] それから矢で暗闇が作り出され、あなたの側も敵側も何も見えなくなった。兵たちは恐れから暗闇を吹き飛ばす二人の勇者を拠り所とした。空に伸びる太陽の光のように。

[8.64.7] そして二人は、東風と西風のように、互いの武器を自分の武器で撃ち落とし、雲による暗闇が広がるとそれを打ち払う者となった。昇った〔太陽と月〕がひときわ輝くように。

[8.64.8] その時、あなたの兵も敵兵も「逃げるな」と命じられて、かの二人の偉大な戦車乗りをあらゆる方向から囲んで立っていた。神と悪魔がヴァーサヴァとシャンバラを〔囲んでいた〕ように。

[8.64.9] バーラタよ、二人の人中の最上の者は、太鼓と金属製の打楽器、タブラ、大太鼓の音と法螺貝の音を鳴らされ、獅子の咆哮を上げた。雲に隠れた月と太陽のように。

[8.64.10] 二人は偉大な弓の光輪の中心にあって、力に優れ、光線の如き一〇〇〇の矢を持ち、動くものと動かないものの世界を滅ぼそうとする、ユガの終わりの太陽のように、戦場で耐え難い存在であった。

[8.64.11] カルナとアルジュナは、どちらも無敵であり、敵を殺すものであり、互いに相手を殺すことを望む熟達者であり、大戦場で勇敢な戦士として対峙していた。インドラとジャンバのように。

[8.64.12] それから偉大な弓を持つ二人は、恐ろしい矢とともに偉大な武器を放ちながら、無数の人、馬、象を殺し、最高の矢で互いを殺すことを望んだ。

[8.64.13] そして再び人中で最高の二人の放った矢で攻撃された、クルとパーンダヴァをそれぞれの拠り所とする者たちは、象、歩兵、馬、戦車とともにあらゆる方角に広がった。獅子を恐れた森の隠れ家のように。

[8.64.14] 一方それから、ドゥルヨーダナ、ボージャ、スバラの息子は、クリパ、シャーラドヴァタの息子とともに、五人の偉大な戦車乗りとしてアルジュナとクリシュナを、致命的な矢で攻撃した。

[8.64.15] アルジュナは矢で彼らの弓、矢筒、馬、旗、戦車、御者を一度に切り裂いて彼らに打ち勝った。そして十二本の最高の矢でカルナを攻撃した。

[8.64.16] そして戦車群が一〇〇台ずつと、シャカ、トゥカーラ、ヤヴァナの騎士たちが、カーンボージャの戦士とともに素早くアルジュナに近づいて彼を殺さんとした。

[8.64.17] アルジュナは迅速に、手持ちの優れた盾を手とともに、鋭い鏃の矢で頭を切り落としながら、馬、象、戦車と戦って、敵軍を滅ぼした。

[8.64.18] するとすぐに神の楽器の音が、喜んだ者たちの称賛の声とともに上げられた。さらに、美しく良い香りのする、風に吹かれて吉祥な最高の花びらが降ってきた。
[8.64.19] 王よ、神と人が目撃したこの奇跡を他の生き物たちも見て驚いた。あなたの息子とカルナは同じところにいながら恐れもせず驚きもしなかった。
[8.64.20] そしてドローナの息子（アシュヴァッターマン）は手でその手を掴んであなたの息子になだめるように言った。「ドゥルヨーダナよ喜べ。パーンダヴァに平和を。対立の必要はない。戦争に恥を。
[8.64.21] ブラフマンにも等しく武器を知る年長者は殺された。同様に、ビーシュマ率いる人中の牡牛たちも。しかし私は殺されず、私の叔父も殺されない。パーンダヴァとともに永久に王権を支配せよ。
[8.64.22] アルジュナは私に止められて留まるだろう。クリシュナは対立を望んでいない。ユディシュティラは常に生きとし生けるものの良いようにするだろう。ビーマはユディシュティラに従う。ヤマの双子も同様だ。
[8.64.23] あなたとアルジュナはお互いとともにあれ。この世のものたちは吉祥を得るだろう。あなたに望まれるように（テキスト疑問）。その他の王たちは自らの家に帰るべきである。兵士たちは敵対心を翻すべきだ。
[8.64.24] 王よ、もしあなたが私の言葉を聞かなければ、あなたは確実に戦いで敵に殺されることに

なるだろう。一人のアルジュナがなしたことをあなたも世界も経験している。インドラにも、ヤマにも、プラチェーターにも、徳高きヤクシャの王にもできないことを。

[8.64.25] アルジュナは徳によってそれよりもさらに強大であり、私の言葉を完全に逸脱するだろう。同様にあなたに従うこともあるだろう。王よ、世界の平和のために喜びなさい。

[8.64.26] 私の最高の心は常にあなたにある。だから私はあなたに最高に心から喜んで言う。私がカルナをも押し留めよう。あなたが私に友好的であるならば。

[8.64.27] 賢人は本性からの友がいると言う。同様に、同情からの友、財産によって得られた友、権力から得られた友の四種類だと言う。その全てが、パーンダヴァに対してあなたが持っているものだ。

[8.64.28] 英雄よ、彼らパーンダヴァは本性からの友である。また同情からでも確かに得られるだろう。もしあなたに友情があるなら、彼らは確実に友人となろう。人中の王の中の王よ、そのように行動しなさい」と。

[8.64.29] 〔ドゥルヨーダナは〕友にこのような有益な言葉を言われて、しばらく考え、ため息をついてから、寂しげに言った。「友よ、あなたの言うとおりだ。だが私の言わんとすることも聞いてくれ。

[8.64.30] 英雄よ、かの邪悪なビーマが、虎のように力ずくでドゥフシャーサナを殺して言ったことが、私の心には残っている。それをなかったことにして、どうしたところで平和はない。

[8.64.31] グルの息子よ、カルナに友情から『やめよ』と言ってみるがいい。彼は止まらない。アルジュナは今日疲れ切っているが、かのカルナはアルジュナを残酷に殺すだろう」と。

[8.64.32] アシュヴァッターマンにこのように言って繰り返し説得し、あなたの息子は自らの軍に命じた。「かの敵を攻撃せよ、突進せよ、矢を持ち声を上げよ。何を黙っているのか」と。

第65章

サンジャヤは言った。

[8.65.1] 二人の優れた人間、すなわちカルナとアルジュナは、法螺貝と太鼓の音が鳴り響く中、白馬に乗りあなたの息子の奸計によって対峙していた、王よ。

[8.65.2] 二人の勇者アルジュナとカルナは、雌象をめぐる二頭のヒマラヤの象のように相譲らず弓を握り、恐ろしい武勇をもって戦っていた。

[8.65.3] 二人は雲と雲がぶつかるように、または山と山がぶつかるように、弓の弦を弾き車輪を鳴らしながら、矢の雨を降らせた。

[8.65.4] 山頂に木々とハーブが伸びた、様々な種類の家が建った二つの山がぶつかるように、二人の勇者は互いを偉大な武器で攻撃した。

[8.65.5] 二人の戦いは、かつての神とヴァイローチャナの戦いのように大きなものだった。双方の矢で四肢と御者と馬は傷つき、耐え難く恐ろしい血の河が流れた。

[8.65.6] 蓮の花が咲き魚と亀がいて鳥の群れが騒ぐ、風で波立つ二つの大きな湖が近づいたように、二台の旗をつけた戦車は互いに近づいた。

[8.65.7] 二人はインドラにも等しい武勇を持ち、インドラに匹敵しうる偉大な戦車乗りだった。インドラの雷に比肩する矢によって、インドラとヴリトラのように戦った。

[8.65.8] 両軍は象と歩兵と馬と戦車からなり、様々な色の装飾品と花輪を身に着けていたが、アルジュナとカルナの戦いでの驚きから、震えて空に去った。

[8.65.9] アルジュナが、狂った象がもう一頭の象に向かうように、カルナを殺そうと向かった時、喜んだ観客たちによる雷鳴のような指鳴らしとともに腕が上げられ、獅子の咆哮が響いた。

[8.65.10] そこでソーマカたちはアルジュナに大声で言った。「アルジュナよ、行け！　カルナを抑え込み討て！　奴の首を完全に永遠に切り落とせ！　ドリタラーシュトラの息子の王位への欲望をも切り落とせ！」と。

[8.65.11] 同様に我軍の戦士たちもそこでその時カルナに「行け！　行け！」と言った。「カルナよ、アルジュナを倒せ！　そして服を着たままパールタどもを森に追い返せ！」と。

[8.65.12] そこでカルナは最初にアルジュナを十本の強力な矢で攻撃した。アルジュナも激怒して十本の鋭い矢でカルナの急所に反撃した。

[8.65.13] カルナとアルジュナは、互いに鋭い矢で相手を射た。それぞれに相手を殺すことを望み、喜んで極めて勇猛に突進した。

[8.65.14] 偉大な魂の者よ、ビーマセーナはその戦いにおいて耐えられず怒っていた。そして手で手を打ちながら、唇を噛み、話しながら踊っているかのように言った。「アルジュナよ、カルナがどうして先に十本の矢でお前を攻撃したのか。

[8.65.15] お前が全ての生き物を殺してアグニとカーンダヴァに食べさせた、その勇気で、お前がカルナを殺せ。そうでなければ、私が彼をメイスで滅ぼすだろう。」

[8.65.16] そしてクリシュナも、跳ね返されて壊された矢と戦車を見てアルジュナに言った。「アルジュナよ、今日カルナがあなたの武器をことごとく武器で破壊したのはどういうことか。

[8.65.17] 英雄よ、なぜためらっているのか。なぜ攻撃しない。かのクルたちは喜んで大声を上げている。全員が、あなたの武器がカルナの武器に撃ち落とされているのを眼前で見たからだ。

[8.65.18] 暗黒の武器を持つものが打ち倒された、そしてユガごとに恐ろしいラークシャサたちが、生来傲慢な悪魔たちが戦場で〔倒された〕、その勇気でカルナを殺せ。

[8.65.19] あるいはこの私が与えた美しく鋭い矢で、今日かの敵の頭を力ずくで切り落とせ。シャクラが雷で敵であるナムチの〔頭を切り落とした〕ように。

[8.65.20] キラータの姿をしたかの神格（シヴァ）をあなたがその偉大さによって満足させたその勇気を、英雄よ、再び手にして、カルナをその仲間とともに殺せ。

[8.65.21] それから、川を腹帯とし、町と村と富とともに、敵の集団を滅ぼした大地を、かの王に捧げよ。あなたがパールタの比べうるもののない栄光を得るのだ。」
[8.65.22] 偉大な魂のものはビーマとクリシュナに気付かされ、自らのアイデンティティを思い出し、真理を見つめて、来し方を見知って、クリシュナに以下のように目的を話した。
[8.65.23] 私は世界の吉祥とカルナを殺すことのために、この恐ろしい武器を顕現させます。すべての神々とブラフマンその方とブラフマンを知る者たちにその許しを請います。
[8.65.24] こう言って、心で命じたブラフマンにも勝てない武器を顕現させた。するとすべての方角と中間の方角は凄まじい光の矢で覆われた。バーラタの牡牛も、数百に数百を重ねた強力な矢を素早く創り出した。
[8.65.25] カルナもまた戦いのさなかで同様に一〇〇〇の矢を放った。その音はパーンドゥの息子に近づいた。雨雲から放たれた大雨のように。
[8.65.26] カルナはビーマとクリシュナとアルジュナを人知を超えた力で三本ずつの矢をもって攻撃し、恐ろしい声で叫んだ。
[8.65.27] カルナの矢に攻撃されたビーマとクリシュナを見て、アルジュナは再び耐えられなくなって十八本の矢を放った。
[8.65.28] そのうち一本の矢でスシェーナを、四本でシャルヤを、三本でカルナを射た。それから放たれた十本で、金の鎧で武装したサバーパティを殺した。

[8.65.29] かの王子は頭と腕と馬と御者と弓と旗を失い、殺されて優れた戦車から落ちた。斧で切られたシャーラの木のように。

[8.65.30] さらにカルナを三本、八本、二本、四本、十本の矢で攻撃し、武装した象を四〇〇頭殺し、八〇〇台の戦車を破壊した。さらに一〇〇〇頭の馬を騎手ごと殺し、八〇〇〇人の勇敢な歩兵を殺した。

[8.65.31] そして観戦者たちは、空にいるものも大地にいるものも、戦いながら互いに向かっていく二人の敵を殺す優れた英雄、すなわちカルナとアルジュナを見て、乗り物に乗ったままとどまっていた。

[8.65.32] するとアルジュナの限界以上に引かれた弓の弦が恐ろしい音を立てて切れた。その瞬間、カルナはアルジュナを一〇〇本の矢で攻撃した。

[8.65.33] 放たれた蛇にも似た、油で磨かれて鳥の羽根をつけた鋭い六十本の矢でクリシュナを傷つけ、残りがソーマカたちを攻撃した。

[8.65.34] そして速やかに弓の弦を引き、カルナの放った矢を防いで、カルナの矢で傷ついた体で激怒しつつ、アルジュナは戦場でソーマカたちを助けた。放たれた武器で暗闇が生じ、空に鳥は飛んでいなかった。

[8.65.35] アルジュナは笑いながらシャルヤの鎧を十本の矢で強く攻撃した。それからカルナを十二本の狙い定めた矢で攻撃してから、さらに七本の矢で射た。

[8.65.36] カルナはアルジュナの弓から強力に放たれた、きわめて強力な矢にひどく傷ついて、身体が切り裂かれて、四肢を血で濡らしていた。矢で覆われたルドラのように。

[8.65.37] それからカルナは、三界の王にも等しいアルジュナを三本の矢で攻撃した。一方でクリシュナを殺そうとして、蛇のような燃える五本の矢を放った。

[8.65.38] 狙い定めた〔矢は〕人中の最高の者の金で装飾された鎧を貫いて落ちた。力強い〔矢は〕その力によって大地に入り込み、〔大地を〕浴びてカルナに向かっていった。

[8.65.39] タクシャカの息子の側についた大きな馬たるアルジュナは迅速に狙い定めた五本の矢で、その五本の矢をそれぞれ三つに切り裂き、地面に叩き落とした。

[8.65.40] そしてアルジュナは怒りで乾いた草を焼く火のように燃え上がり、耳のところまで弦を引き、致命的な燃える矢でカルナの急所を攻撃した。カルナは苦痛で身を捩ったが、尋常ならざる忍耐によって立っていた。

[8.65.41] 王よ、そうしてカルナの戦車は、四方八方から射られた恐ろしい矢によって太陽のごとく輝いた。アルジュナが怒った時、空には冷たい霧がかかったように何も見えなくなった。

[8.65.42-43] 王よ、かのクルの牡牛アルジュナは、一人の武勇をもって、車輪を守り足を守り、全ての前の守りと後ろの守りを担当する、ドゥルヨーダナに命じられた、敵を殺す、優れた戦車を持つ最高の存在であるクルの戦士たちを二〇〇〇人、即座に戦場で戦車と馬と御者ごと破滅へと導いた。

[8.65.44] そして生き残ったあなたの息子とクルたちは、カルナを残し、殺された者、矢で傷ついた者、嘆いている息子たちと父たちを見捨てて逃げ出した。
[8.65.45] バーラタよ、恐れからばらばらになったクルたちが逃げ出してあらゆる方角が空っぽになったのを見て、カルナは動揺しなかった。反対にただアルジュナを攻撃したのだった。

第66章

サンジャヤは言った。
[8.66.1] それから、矢に射たれるばかりで遠くに逃げてとどまっていたばらばらのクルの軍勢は、あらゆる方角からアルジュナの武器が光を放って立ち上ってくるのを見た。
[8.66.2] そのアルジュナの武器は、終わりのない音を伴って空を往き、戦士たちを飲み込んだ。その時大戦場で怒れるアルジュナによって放たれた矢は、カルナを殺すためのものであった。
[8.66.3] カルナはラーマから得た、極めて強力な、アタルヴァ・ヴェーダに由来する、敵を殺す鋭い矢で、かの燃え上がるアルジュナの武器を破壊し、アルジュナを攻撃した。
[8.66.4] 王よ、それからかのアルジュナとカルナの戦いは極めて大きくなった。二頭の象が恐ろしい牙で相手を攻撃するように、二人は互いに矢で射ち合った。

[8.66.5] そしてカルナは、敵を殺す、蛇の顔をした、燃える、ルドラのように恐ろしい、丁寧に洗われて、戦いの中でアルジュナ〔を殺す〕ために極めて長い間守られてきた矢を構えた。

[8.66.6] 常に崇拝され、白檀の粉に包まれ、金の矢筒で眠っていた、極めて恐ろしい、燃える、アイラーヴァタ族に生まれた、戦いでアルジュナの頭を吹き飛ばすための矢を。

[8.66.7] 構えられた矢を見て、偉大な魂のマドラの王はカルナに言った。「カルナよ、この矢は首に届かないだろう。頭を吹き飛ばせる矢を探して射つべきだ」と。

[8.66.8] 怒りに眼を赤くして弓を構えたカルナは即座にシャルヤに言った。「シャルヤよ、このカルナは二本目の矢をつがえない。私のような者は、常に自分に正直なのだ」と。

[8.66.9] このように言って、カルナはその長年崇拝された蛇の如き矢を放った。「アルジュナよ、お前はもう死んでいる！」と言って、急いでその強力な矢を放ったのである。

[8.66.10-11] カルナの構えた蛇〔のような矢〕を見て、強き者の中の強者たるクリシュナは戦車に登り、両足をもってその力で戦車を地面に沈め、膝で馬を止めた。そして矢はかの思慮深き〔アルジュナ〕の冠を貫いた。

[8.66.12] アルジュナの頭の飾りは、地上、空、水の中で有名であり、それをカルナは強力な武器と地上で最高の努力と怒りによって、矢で頭から叩き落とした。

[8.66.13] その冠は、太陽と月の輝きを持ち、金と真珠と宝石の網で飾られ、プランダラのために苦行によって大きな努力をもって世界の息子によって自ら生じたものであった。

[8.66.14] その姿形において高い価値を持ち、敵に恐れを生じさせるものでもあり、良い香りがして、身につけるものに素晴らしい幸福を与え、神の敵を殺した時に、正しい心のアルジュナに最高神が自ら与えたものであった。

[8.66.15] ハラ〔シヴァ〕と水の神と富者の守り手によっても、シヴァの弓でもヴァルナの武器でもインドラの雷でも最高の矢でも最高神でも害することが難しい冠、しかし今やそれをカルナが蛇によって破壊した。

[8.66.16] 最高の矢に揺さぶられ毒の炎に焼かれて燃え上がり、アルジュナの最高の愛すべき冠は地面に向かって落ちた。燃える太陽がアスタ山に沈むように。

[8.66.17] そうして蛇は多くの宝石で飾られた冠を力ずくでアルジュナの頭から落とした。偉大なインドラの雷が、美しい根を持ち花の咲いた木のある山頂を山から落とすように。

[8.66.18] バーラタよ、大地と空と天界と水が風に揺さぶられているようだった。その時、まさにそのような音が世界に響いた。人々は〔耐えようと〕努力したが恐れて震えた。

[8.66.19] それから、白い布で自分の髪を結んで、憂いなく立っているアルジュナは、光に満ちて輝いているようだった。ウダヤ山の山頂が太陽の光で輝くように。

[8.66.20] そしてカルナの腕から放たれた蛇は、炎の光線の如き光を放ち、偉大であった。大蛇はアルジュナに敵対し、冠を射てから落ちた。

[8.66.21] 〔蛇はカルナに〕言った。「私をかつて誤ったものと知れ。今やクリシュナは母を殺したこと

から敵なのだ」と。そこでクリシュナはアルジュナに戦場で言った。「あなたはあの敵対している大蛇を殺せ」と。

[8.66.22] クリシュナにそう言われた、ガーンディーヴァの引手であり敵を殺す射手は言った。「この蛇は私のなんなのだ。自らガルダの口に飛び込むような真似をして」と。

クリシュナは言った。

[8.66.23] あなたがカーンダヴァで弓をもってアグニを喜ばせたことで、空にいたものは矢で体を貫かれた。実に、殺されたものは一匹ではなく、彼の母親だったのだ。

[8.66.24] しかしアルジュナは、残りを殺してから、空から斜めに飛びかかってくるかのような蛇を六本の鋭い矢で切り刻んだ。蛇は体を切られて地面に落ちた。

[8.66.25] その時、人中の最高の英雄カルナは、十本の鋭く研がれて孔雀の羽根で飾られた矢で、アルジュナを横目に見ながら攻撃した。

[8.66.26] それに対してアルジュナは、耳まで弓を引いて放った十二本の鋭い矢で狙いを定め、毒蛇のように強力な鉄の矢を、耳まで弦を引いた弓で放った。

[8.66.27] かの最上の矢はカルナの美しく彩られた鎧を貫き、生気を奪うかのように正しく放たれた。そしてカルナの血を飲んで、赤く染まった羽根で大地を穿った。

[8.66.28] そしてカルナは矢に射られて、杖で打たれた大蛇のように怒った。そして同様に速やかに、

最強の毒を持つ蛇のような最高の矢を放った。
[8.66.29] カルナはクリシュナを十二本の矢で貫き、九十九本の矢でアルジュナを同様に攻撃した。恐ろしい矢で再びアルジュナを攻撃し、喜んで笑った。
[8.66.30] アルジュナはカルナのその喜びに耐えられなかった。カルナの弱点を知っていて、羽のある最高の矢でその急所を攻撃した。インドラの如き力をもって、インドラがバラをその力で滅ぼしたように。
[8.66.31] それからアルジュナは、死を呼ぶ杖にも似た九十本の矢をカルナに放った。矢で深く傷ついた身体は苦しんだ。雷に打たれた山のように。
[8.66.32] 最高の宝石とダイヤモンドと金で飾られた頭の装飾と最高の耳飾りも、アルジュナの矢によって解けて落ちた。
[8.66.33] 高価な、最高の芸術家が長い時間をかけて努力して作った最高の輝く鎧は、アルジュナが矢で一瞬のうちにばらばらにしてしまった。
[8.66.34] さらに怒れるアルジュナは鎧を失ったカルナを、最高の弓で放った四本の矢で攻撃した。カルナは敵の攻撃にひどく苦しんだ。病人が胆汁《たんじゅう》と痰《たん》と風と熱に苦しむように。
[8.66.35] 偉大な射手は、強力に、円形に放たれた、鋭い、努力と注意を払った多くの最高の矢でカルナを切り刻んだ。アルジュナは迅速に急所をも貫いた。
[8.66.36] アルジュナによって、様々な恐ろしく強力な、最高に鋭い矢でひどく傷ついたカルナは、

泉から赤い水を流す赤い岩でできた山のようであった。
[8.66.37] バーラタよ、アルジュナは矢でカルナを馬と戦車ごと貫いた。四方はあらゆる努力をもって放たれた金の羽根の矢で覆われた。
[8.66.38] 矢に射られた広く厚い胸を持つカルナは、アショーカ木やパラーシャ木やシャールマリ木の花が咲き白檀の木が震える山のようであった。
[8.66.39] 王よ、戦場でカルナは多くの狙い定めた矢で体を射られ、山頂を木で覆われ、谷を持ち、カルニカ木の花が咲いたマヘーンドラ山のようであった。
[8.66.40] カルナは多くの矢を弓で放ちながら、矢の網でできた光線のようであり、赤い円盤は赤い光線のようであった。太陽がアスタ山に向かうように。
[8.66.41] カルナのもう一本の腕から放たれた、輝く大蛇のような矢を、アルジュナの腕から放たれた矢は撃ち落とし、四方は白い棘で覆われた。
[8.66.42] そして円盤が地上に落ちて、戦車がバラモンの呪いで旋回し、ラーマから得た武器が顕現せず、カルナは戦場で混乱した。
[8.66.43] そうした不幸に耐えられなくなったカルナは、両手を振り呪いながら言った。「常に法を知る者は、法を最上とする者は法が守ると言うが、今日の私にとっては、法は法に準じる者を守らず深みに突き落としている。法は常に守ってくれるものではないと思う」と。
[8.66.44] このように言いながら、アルジュナの武器に打たれた馬と御者を押しのけて、怒りに震え、

急所を攻撃されたことから行動に混乱が生じ、戦場で繰り返し法を呪った。

[8.66.45] それからカルナは、戦いで三本のより強力な矢で手を攻撃され、同時にアルジュナを七本の矢で射た。

[8.66.46] それに対してアルジュナは、十七本の鋭い光を放ち真っ直ぐな、インドラの雷にも似た、恐ろしい火のような矢を放った。

[8.66.47] その強力な矢はカルナを貫いて地面に落ちた。カルナは魂を震わせて力を振るい行動を示した。

[8.66.48] そしてカルナは、力を振り絞って立ち留まり、ブラフマンの武器ブラフマーストラを顕現させた。アルジュナもそれを見てインドラの武器アインドラーストラを顕現させた。

[8.66.49] アルジュナはガーンディーヴァの弦と弓にマントラを唱えて、インドラが雨を降らせるように矢の雨を放った。

[8.66.50] そしてアルジュナの戦車から放たれた光の矢は、偉大な力をもって、カルナの戦車を近くに捉えた。

[8.66.51] 一方偉大な戦車乗りたるカルナは、最高の力をもって、繰り返し放たれた矢を全て撃ち落とした。するとクリシュナは、武器が破壊されたのを見て言った。

[8.66.52] 「最高の武器を放て、アルジュナよ。カルナは矢を破壊している」と。アルジュナもそこで正しくマントラを唱えてブラフマーストラを用意した。

［8.66.53］それからアルジュナはカルナを矢で攻撃してから〔四方を矢で〕覆った。怒ったカルナは鋭い矢でアルジュナの弓の弦を切った。

［8.66.54］そしてアルジュナは、別の弦を用意してそれを撫でてから、一〇〇〇の輝く矢をカルナに浴びせた。

［8.66.55］アルジュナは戦いで自分の弓の弦が切れると別の弦を用意した。その速さから、カルナは認識できなかった。まるで〔切れた弦など〕存在しないかのように素晴らしかった。

［8.66.56］カルナはアルジュナの武器には武器で対抗した。そしてその武勇を示しつつ、アルジュナに勝ろうとしていた。

［8.66.57］そこでクリシュナはアルジュナがカルナの武器に苦しんでいるのを見てアルジュナに言った。「近づいて最高の武器を使え」と。

［8.66.58］そしてアルジュナは、炎のような、蛇の毒にも匹敵する、鉄でできた別の矢をマントラに従って用意した。

［8.66.59］さらにアルジュナはルドラの武器を合体させ、〔カルナを〕滅ぼすことを望んだ。すると大戦の中で大地がカルナの車輪を飲み込んだ。

［8.66.60］車輪を飲み込まれたカルナは、怒りから涙を流した。そしてアルジュナに言った。「パーンドゥの子よ、しばし待て。

［8.66.61］私のこの中間の車輪が偶然飲み込まれたのを見て、アルジュナよ、臆病者の持つような目

的を捨てよ。

[8.66.62-63] アルジュナよ、髪の長い者、他所を見ている者、バラモン、合掌する者、降参した者、武器を下げた者、不幸にある者、矢を持たない者、鎧を落とした者、武器を落としたか壊した者には、勇者は戦場で攻撃しない。王位にある王たちも同様だ。クンティーの子よ、お前も勇者なのだから、しばし待て。

[8.66.64] アルジュナよ、私がこの車輪を大地から引き上げるまで、戦車に乗るお前が地面にいる丸腰の私を殺すことはできない。クリシュナからもお前からも、パーンドゥの子よ、私は脅かされることがない。

[8.66.65] お前もクシャトリヤの息子であり、偉大な部族を寿ぐものだ。法の教えを思い出し、しばし待て、パーンドゥの子よ」と。

第67章

サンジャヤは言った。

[8.67.1] 戦車に乗ったクリシュナは言った。「ラーダーの子よ、ここでお前が法を覚えているとは幸いだ。不幸にあって運命のせいにする者は普通自分の行いのせいにはしない。

[8.67.2] お前とドゥルヨーダナとドゥフシャーサナ、シャクニ、スバラの子は、布一枚をまとったドラウパディーを集まりの中に引き出したが、カルナよ、そこに法は見られない。

[8.67.3] 集まりの中で、サイコロを知らないクンティーの子ユディシュティラにサイコロを知るシャクニが勝ったが、その時法はどこに行ったのか。

[8.67.4] ドゥフシャーサナの命によって集まりの中に立った月経中のクリシュナーを笑った、その時法はどこに行ったのか、カルナよ。

[8.67.5] 更にカルナよ、王位に貪欲なお前は、ガーンダーラの王に頼ってパーンダヴァを召喚したが、法はどこに行ったのか」と。

[8.67.6] カルナがクリシュナにこのように言われている時、そうしたことを思い出して強い怒りがパーンドゥの子アルジュナを襲った。

[8.67.7] 王よ、怒りによって彼の穴という穴から光が現れた。それは存在しないかのように素晴らしかった。

[8.67.8] そしてそれを見たカルナはブラフマーストラをアルジュナに向け、戦車を持ち上げる努力を再び開始した。アルジュナはその武器を自分の武器で防いで攻撃した。

[8.67.9] それからアルジュナはアグニに愛された別の武器をカルナに向けて放った。それは激しく燃え上がっていた。

[8.67.10] それに対してカルナはヴァルナの武器で火を鎮め、雲であらゆる方角を雨の日の暗闇と化

した。

［8.67.11］　一方勇猛なアルジュナはその時動揺せず、ヴァーヤヴャの武器で、カルナの眼前で雲を取り除いた。

［8.67.12-13］　カルナの最上の象の旗は、金と真珠と宝石とダイヤモンドで飾られ、最高の芸術家が時間をかけて努力して作り上げた、美しく純粋で高く掲げられ、常にあなたの軍を力づけ、敵を恐れさせる素晴らしい姿をしていて、世間で太陽にも及ぶほど有名で、その燃える光は月にも及ぶものであった。

［8.67.14］　偉大な魂の者よ、そこで心の定まったアルジュナは、金の羽根を持つ鋭い矢で、美しく燃える、偉大な戦車乗りたるカルナの旗を破壊した。

［8.67.15］　王よ、その時その旗とともに、名声と法と勝利とあらゆる善とカウラヴァの心が地に落ちた。ただ「おお」という大きな嘆きのみがあった。

［8.67.16］　そしてアルジュナは、カルナを殺すために急いで、インドラの雷やアグニの杖にも似たアンジャリカを矢筒から取り出した。アンジャリカは一〇〇〇の光を持つ一つの光のようだった。

［8.67.17-18］　急所を穿ち、血と肉に濡れ、アグニの光にも似た、高価で、人と馬と象を殺し、三アラトニ（肘から指先までの長さ）で六枚の羽根を持ち、真っすぐ飛び、恐ろしく強く、インドラの雷光にも等しい光を放ち、悪魔にも等しく無敵で、ピナーカやナーラーヤナのチャ

クラにも似て、恐れを生み、生きとし生けるものの死そのものであった。

[8.67.19] マントラを知るアルジュナは最高の武器を構え、ガーンディーヴァを引いて大声で言った。「この私の持つ偉大な武器は無比の矢であり、邪悪な敵の身体を切り裂き殺すものである。

[8.67.20] 私は苦行をして、年長者を喜ばせ、友たちの望みを聞いた。その真実によって、この私の無敵の矢が、武装した敵であるカルナを殺すように！」と。

[8.67.21] このように言いながら、アルジュナはカルナを殺すためにその恐ろしい矢を放った。アタルヴァンやアンギラスの行いのように恐ろしく、戦いにおいて輝く、死によっても耐え難い矢を。

[8.67.22] アルジュナは喜んで「この矢が私に勝利をもたらすように！」と言いながら、カルナを殺すことを望んで、太陽と月にも似た矢でカルナをヤマのもとへ送り届けんとした。

[8.67.23] アルジュナは喜んだ様子で、カルナを殺すことを望んで、その勝利をもたらす、最高の、太陽と月にも似た矢で、敵を確実に殺そうとした。

[8.67.24] 昇る太陽のような力を持ち、中天の太陽にも等しい矢を〔放ち、〕敵の長の頭を大地に落とした。太陽が赤い光輪を放ってアスタ山に沈むように。

[8.67.25] かの素晴らしい行いをしたものの心は、絶え間なく本質的に尋常ではなく喜びに湧いていた。〔カルナの頭は〕裕福な主人が家族のいる家を離れる時のように、多大な困難をもって体を離れた。

〔8.67.26〕矢で射られ鎧を失って死んだカルナの長身は倒れた。雷に山頂を打たれた山の代赭石を水が流れるように、傷からは血が溢れた。

〔8.67.27〕殺されたカルナの身体から、光が一時空を照らした。王よ、カルナが殺された時、全ての戦士たちはその美しい光景を見たのである。

〔8.67.28〕ソーマカたちはカルナが殺され倒れたのを見て、兵士たちとともに喜びの声を上げた。喜んで楽器を鳴らし、服と腕を振った。驚いた他の兵士たちも、踊りながら互いに称え合いながら大声を上げた。

〔8.67.29〕カルナが矢に射られて殺され、夜明けの祭式の終わりに火が強風に吹かれて空に消えるように、戦車から地面に落ちたのを見て。

〔8.67.30〕四肢の全てを矢に穿たれ、血流に沈んだカルナの身体は、自らの光によって太陽のように輝いていた。

〔8.67.31〕敵軍を輝く矢の光で苦しめて、カルナという太陽は、強きアルジュナという死の神によってアスタ山に沈んだ。

〔8.67.32〕そして太陽がアスタ山に沈み、光が消えるように、矢がカルナの生命も消した。

〔8.67.33〕王よ、カルナの死はその日の午後のことであった。戦場でアンジャリカに切り裂かれ、長身とともに頭は落ちた。

〔8.67.34〕敵の軍勢の眼前で、矢は即座にカルナの頭と体を切り離したのである。

サンジャヤは言った。

[8.67.35] 勇敢なカルナが矢に穿たれ血流に沈んで地面に倒れているのを見て、マドラの王は旗を引き裂かれた戦車で急いでその場所を離れた。

[8.67.36] カルナが殺されて、戦場で恐れに負けて深く傷ついたカウラヴァたちは、美しく輝く偉大なアルジュナの旗を繰り返し見ながら逃げ去った。

[8.67.37] 一〇〇〇の目を持つインドラにも似た働きをした者の、一〇〇〇の花弁を持つ〔蓮の花の〕ように美しい顔のカルナの頭は、日の終りの一〇〇〇の陽光のように大地に落ちたのである。

第68章

サンジャヤは言った。

[8.68.1] バーラタよ、一方シャルヤは、カルナとアルジュナの戦いの中で矢で壊滅した戦士たちを見て、やってくるドゥルヨーダナを見つけ、戦場を見せた。

[8.68.2] 戦車と馬と象が破壊されカルナが殺された軍を見て、ドゥルヨーダナは眼を涙で溢れさせ、

打ちひしがれた様子で繰り返したため息をついた。

[8.68.3] 勇敢なカルナが矢に穿たれ血流に沈んで太陽が大地にあるかのように地面に倒れているのを囲んで観戦者たちは立っていた。

[8.68.4] 喜ぶ者と恐れる者、嘆く者と心ここにあらずの者、同様に悲しみにくれる者もいた。あなたの軍も敵軍も、それぞれのありように従っていた。

[8.68.5] アルジュナがカルナの鎧と装飾と服と盾を破壊し、カルナをその生命力ごと滅ぼしたのを聞いて、カウラヴァたちは、牡牛を殺されてうろたえる牛の群れのように逃げ去った。

[8.68.6] アルジュナと激しく戦った結果、カルナが、象が獅子に殺されるようにアルジュナに殺され大地に横たわったのを見て、怖れたマドラの王シャルヤは戦車に乗って急いで逃げた。

[8.68.7] シャルヤもまた心が混乱しており、旗を失った戦車で急いでドゥルヨーダナの近くに行き、苦しみに満ちた言葉を語った。

[8.68.8] あなたの軍は最高の象と馬と戦車が壊滅し、ヤマの国のようです。山の蜃気楼のように偉大な人間と馬と象が互いに殺し合って全滅しました。

[8.68.9] バーラタよ、今日カルナとアルジュナの間に起こったような戦いは今までありませんでした。二人のクリシュナはカルナと遭遇して迎撃され、その他全てはあなたの敵でした。

[8.68.10] しかし運命は自ら発動し、それがパーンダヴァを守り我々を見放しました。全ての英雄は、あなたの目的を達成されたものにしようとしましたが、敵に力ずくで倒されました。

〔8.68.11〕英雄たちは勇猛さと強さと力に関してクベーラとヤマとヴァーサヴァ、あるいは水の王と等しい輝きを持ち、偉大な徳をすべて備えていました。

〔8.68.12〕ほぼ無敵の、あなたの目的を望んだ人中のインドラたちは、戦いの中でパーンダヴァたちに殺されました。バーラタよ、悲しまないでください。これは運命なのです。達成すべきことが必ずしも達成されるわけではないのです。

〔8.68.13〕シャルヤのこの言葉を聞いて、自らの悪行を内心で思い起こし、ドゥルヨーダナは心を挫かれ、混乱し、打ちひしがれた様子で繰り返しため息をついた。

〔8.68.14〕シャルヤは、ひどく打ちひしがれて瞑想しているかのように黙った哀れな〔ドゥルヨーダナ〕に悲しい言葉を語った。「英雄よ、この、殺された人と馬と象で覆われた恐ろしい戦場を見てください。

〔8.68.15〕急所を矢で射られて一度に倒れた、震えながら息を引き取った、盾と鎧と武器が完全に壊されて死んだ象が山のようです。

〔8.68.16〕雷に打たれて岩と動物と木とハーブが砕かれた高山のように、鈴と鉤《かぎ》とメイスと旗が金の飾りとともに破壊され、赤い血が溢れています。

〔8.68.17〕馬が矢に射られて倒れています。息をしているものもいれば血を吐いているものもいます。低く嘶いているものもいれば白目をむいて地面を噛んでいるものも、哀れな声を上げているものもいます。

[8.68.18] 象や馬に乗って戦う騎士たちが倒れています。わずかに息をしている者も息を引き取った者もいます。人と馬と象と戦車が粉砕されています。このようなものに覆われて、大地は地獄の川のような様相です。

[8.68.19] 最高の鼻や胴体を傷つけられ、弱々しく息をつきながら地面に倒れている象もいます。高名な、象や馬や戦車に乗って戦う戦士たちと歩兵たちが、敵に殺されて盾と鎧と武器が完全に壊されて、顔を突き合わせています。大地は夜の終わりの火のようなそれらに覆われています。

[8.68.20] 矢に射られて殺され倒れた何千もの偉大な勇者たちが見えます。さらに意識を失って息をしている者もいます。大地は消えかかった火のような彼らに覆われて、あたかも空から落ちた星によって美しく、夜の空が煌く星で美しいようにも見えます。

[8.68.21] 一方カルナとアルジュナの腕から放たれた矢が、象と馬と人の身体を貫き、即座に命を奪って地面を穿ちました。大蛇が武器によって〔攻撃されて〕棲家に向かうように。

[8.68.22] 戦場は、アルジュナとカルナの矢で殺された人と馬と象と、破壊された戦車で満ち、象〔の死体〕によって様々に塞がれて通り抜けられなくなりました。

[8.68.23] 最高の矢で揺さぶられた戦車と戦士たちは、最高の御者と馬と盾と旗を射抜かれて、武器を失い冠を壊され、車輪と車軸受けと車軸を破壊されました。

[8.68.24] 放たれた鉄の矢で射られ、接続部を壊され、冠を粉砕され、宝石と金で飾られた座席を壊

された〔戦車〕で大地は覆われました。空が秋の雲に〔覆われる〕ように。

[8.68.25] 早馬に引かれ飾り立てられたよく武装した戦車は主を殺され、人と象と戦車と馬の集まりによって、さまよっていた者たちはすぐにばらばらに引き裂かれました。

[8.68.26] 金の冠をつけた鉄の剣、斧、棍棒、メイス、槍、輝く抜身の剣、金の布で覆われた鉾が落ちています。

[8.68.27] 金で飾られた弓、金の羽根をつけた矢、金色に輝く抜身の両刃の剣、金色に輝く刃のついた投矢〔が落ちています〕。

[8.68.28] 傘、扇、法螺貝、最高の花と金でできた花輪、旗の布で包まれた絨毯、三日月型の白い冠〔が落ちています〕。

[8.68.29] 絨毯はばらばらに散らばっていて、優れた真珠でできた首飾り、最高の腕輪とブレスレット、首輪、金の飾り、金の紐が落ちています。

[8.68.30] 最高の宝石とダイヤモンドと金と真珠、高い、または低い吉兆を示す宝石、終わりのない幸福にふさわしい身体と月にも似た顔の頭〔が落ちています〕。

[8.68.31] 身体と幸福と衣服と、人の知る幸福をも捨て、自らの法に殉じた名声を得て、〔彼らは〕その名声によって祝福された世界へ行ったのです」と。

[8.68.32] 英雄よ、シャルヤはこのように言ったが、ドゥルヨーダナは悲しみに満ちた心で「おおカルナよ、カルナよ！」と言い、涙に濡れた眼でひどく我を忘れていた。

[8.68.33] アシュヴァッターマンを筆頭に全ての王たちがドゥルヨーダナのところに行って慰めた。彼らは名声ではためいているアルジュナの偉大な旗を繰り返し見た。

[8.68.34] 人と馬と象の身体から流れる赤い血で大地は染まっていた。赤と金の服と花輪を身に着けた、誰とでも寝る美しい女のようだった。

[8.68.35] 王よ、赤く染まった姿のクルたちは、その恐ろしい時間にあまりに互いによく似ていて見分けがつかなかったが、立っていられなかった。全員が神の世界に行ってしまったようだった。

[8.68.36] カルナを殺されて、彼らはひどく苦しみ、「おおカルナよ、カルナよ」と言うばかりだった。王よ、そして太陽が赤く染まるのを見て、即座に陣地に戻った。

[8.68.37] ガーンディーヴァから放たれた、金の羽根を持つ、鋭く羽根を血に染めた矢で四肢を射られたカルナは死んでなお美しかった。輝く太陽のように。

[8.68.38] カルナの身体は血に染まり、信仰者に同情的な尊き赤く染まった姿の太陽が、陽光で触れて、入浴を望み、海へ導いた。

[8.68.39] まるでそのようだと考えて、高名な神と聖仙の集まりはそれぞれのありかに行った。そしてその他の者たちもそう考えて、それぞれの幸福に応じて空か大地へと戻った。

[8.68.40] アルジュナとカルナというクルの最高の英雄二人の素晴らしい戦いは生き物たちには恐れを生むものであり、その時それを見て人々は驚き、讃えながら帰った。

［8.68.41］矢で鎧を破壊され戦いで殺されて息を引き取ってなお、英雄カルナの美しさはなくなっていなかった。

［8.68.42］王よ、様々な装飾を身に着け、金の飾りで装い、死んだカルナは、根を生やした木のように横たわっていた。

［8.68.43］最高の金で火のように輝き、人中の虎は息子とともにアルジュナの光によって死んだ。王よ、武器の光によってパーンダヴァたちとパンチャーラたちを苦しめて。

［8.68.44］物乞いに強請られて「与えよう」とは言うが「与えぬ」とは言わない正しい人は常に正しさによって死ぬ。カルナは一騎打ちで死んだ。

［8.68.45］すべてを自分のためではなくバラモンに与える偉大な魂の者は、その生命さえもバラモンに与えられないものはない。

［8.68.46］常に人々に幸福を与え、与えることを幸福とした彼は神の御下に行った。あなたの息子の勝利への希望と幸福と鎧を奪って。

［8.68.47］カルナが死んだ時、川は流れなかった。陰った太陽はアスタ山に沈んだ。王よ、燃える太陽の色は斜めに欠け、ヤマの息子が現れた。

［8.68.48］その時、空は引き裂かれ、大地は音を立てた。風が極めて強く吹いた。四方は煙を立ててひどく燃え上がった。大海は音を立てて揺れた。

［8.68.49］王よ、山々は林とともに揺れ、生き物の群れは恐れた。木星がアルデバランを脅かし、月

と太陽のようであった。

[8.68.50] カルナが死んだ時、四方は区別できず、空は暗闇に覆われ大地は震えた。火のような隕石が落ち、夜を往く者たちは喜んだ。

[8.68.51] アルジュナが月のような顔のカルナの頭を刃で切り落とした時、空と天界とこの大地で同時に「おお！」という人々の声が上がった。

[8.68.52] アルジュナは、神とガンダルヴァと人に崇敬された敵であるカルナを戦場で殺し、ヴリトラを殺したインドラのように最高の光で輝いていた。

[8.68.53-54] それから、雲のように大きな音を立てる、秋の空の中天を往く太陽のように輝く、旗を立て、勇猛な音の戦旗を掲げ、雪や月や法螺貝や水晶のように輝く、金と真珠と宝石とダイヤモンドと珊瑚で飾られた無比の速さの戦車で、アルジュナとクリシュナという最上の二人は、火や太陽のように美しく、戦場で素早く、恐れを知らず、輝いていた。戦車に同乗したヴィシュヌとヴァーサヴァのように。

[8.68.55] そして、弓と弦と、車輪の縁を手で叩く音で、敵を力ずくで殺し、クルたちを恐ろしい矢で攻撃して、猿の旗を持つアルジュナとガルダの旗を持つクリシュナは、敵の心を折りながら、法螺貝を思い切り大きな音で鳴らした。

[8.68.56] 金の網で覆われ、音の大きな、雪のように白く最高の法螺貝を最高の人間二人が手で掴んで口に咥え、最高の口で同時に吹いた。

[8.68.57] パンチャジャニヤとデーヴァダッタという二つの〔法螺貝の〕音は、地と天と空と水に響き渡った。

[8.68.58] 二人の英雄の鳴らす法螺貝の音は、林、山、川、方位に響き渡り、あなたの息子の軍を怯えさせ、ユディシュティラを喜ばせた。

[8.68.59] そしてクルたちは、響き渡る法螺貝の音を聞いて、即座にマドラの王とバーラタの王ドゥルヨーダナを見捨てて逃げた、バーラタよ。

[8.68.60] 大戦場に集まった生き物たちは、激しく輝くアルジュナとクリシュナを同時にクリシュナを讃えた。二つの昇る太陽のように。

[8.68.61] カルナの矢に覆われ傷ついた敵を殺すアルジュナとクリシュナの二人は、戦場で輝いていた。暗闇を払い、陽光の花輪をつけて曇りのない月と太陽のようであった。

[8.68.62] そしてその多くの矢を取り除き、比類ない武勇を持つ二人は、友人に囲まれ、幸福に浸り、自らの陣地に入っていった。助祭にかしずかれたヴァーサヴァとヴィシュヌのように。

[8.68.63] その時二人は、最高の戦いでカルナを殺し、神とガンダルヴァと人間と動物、偉大な聖仙、ヤクシャと大蛇によって、それ以降の勝利を望まれて崇敬された。

第69章

サンジャヤは言った。

[8.69.1] このようにカルナが倒されあなたの軍が敗れた時、アルジュナを抱擁してクリシュナは喜んでこのように言った。

[8.69.2] アルジュナよ、ヴリトラはインドラに、カルナはあなたに殺された。人々はカルナとヴリトラの死を語り継ぐだろう。

[8.69.3] ヴリトラは戦いでインドラの雷光に殺され、カルナはあなたの弓と鋭い矢によって殺された。

[8.69.4] 世に知られるあなたの武勇と名声を、思慮深き法の王に知らせなさい、アルジュナよ。

[8.69.5] 戦いでカルナを殺すことは法の王の長い間の望みだった。このことを知らせて、あなたは負債から自由になるのだ。

[8.69.6] ヤドゥの牡牛たるクリシュナはこのように言って、落ち着いてアルジュナに最高の戦車の中でも最高の一台を戻らせた。

[8.69.7] ドリシュタデュムナ、ユダーマニュ、マードリーの二人の息子、ビーマ、サートヤキに、

クリシュナはこのように言った。
[8.69.8] カルナがアルジュナに殺されたことを王に知らせるまで、敵に向かって注意して立っていてください。幸運を祈ります。
[8.69.9] かの英雄たちに約束されて、クリシュナはアルジュナを連れて王のいる場所に向かい、ユディシュティラを見た。
[8.69.10] 王の中の虎は金でできた最高の寝台に横たわっていた。二人は喜んで王の足に触れた。
[8.69.11] ユディシュティラは、二人の喜んだ様子と考えられないような傷を見て、カルナが殺されたと考えて立ち上がった。
[8.69.12] それから、優しく語るヤドゥの息子であるクリシュナは、カルナの死についてありのままに語った。
[8.69.13] そしてクリシュナは少し笑いながら合掌して、敵が殺された王ユディシュティラに言った。
[8.69.14] 王よ、幸いにも、ガーンディーヴァの引手も、パーンドゥの子らも、ビーマも、あなた自身も、パーンドゥの子たる二人のマードリーの息子も無事です。
[8.69.15] パールタの子よ、我々は英雄が失われ身の毛がよだつような戦いから解放されました。すぐに将来なすべきことをしてください。
[8.69.16] 偉大な武勇を持つ恐ろしい御者の息子カルナは死にました。大王よ、幸いにもあなたは勝ったのです。幸いにもあなたはより偉大となったのです。パーンドゥの子よ。

[8.69.17] サイコロ賭博に勝った、クリシュナーを笑った最低の人間たるカルナの血を今や大地が啜っています。

[8.69.18] クルの牡牛よ、かのあなたの敵は弓に四肢を射られて倒れています。人中の虎よ、弓で様々に引き裂かれた彼を見てください。

[8.69.19] ユディシュティラは喜んでクリシュナを崇敬し、大王よ、「幸いなるかな、幸いなるかな」と喜んで、このように言った。

[8.69.20] 偉大な英雄よ、デーヴァキの子よ、それはあなたにとって不思議ではないことだ。アルジュナはあなたという御者を得て、今日人たることを示したのだ。

[8.69.21] そしてクルの最上の者は、装飾を付けた右腕を掴み、法を守るプリタの子はクリシュナとアルジュナの二人に言った。

[8.69.22] ナーラダによって二人がナラとナーラーヤナという神だと聞かされた。法を守ることに専心する古き最高の人間であると。

[8.69.23] そして一度ならず、強力な英雄であり知性あるクリシュナたるヴャーサが私にその神の歴史を語ったのである

[8.69.24] クリシュナよ、あなたの力とガーンディーヴァによってアルジュナは敵に立ち向かって勝利し、決して背を向けなかった。

[8.69.25] あなたが戦いでアルジュナの御者を引き受けてくれた時に、我々の勝利は確実であり、敗

北はなかったのだ。

［8.69.26-28］　大王よ、このように言って、偉大な戦車乗りたる人中の虎は、金で飾られ象牙色で黒い尾を持つ馬に引かれた馬車に乗り込み、自らの軍勢に囲まれて、クリシュナとアルジュナという英雄たちを従えて、喜んでそこから多くのことが起きた戦場を見るために、クリシュナとアルジュナという二人の英雄と話しながら出かけた。

［8.69.29］彼は戦場で、人中の牡牛カルナが、ガーンディーヴァから放たれた矢であらゆるところを切り裂かれ倒れているのを見た。

［8.69.30］ユディシュティラ王は、息子とともに殺されたカルナを見て、クリシュナとアルジュナという二人の人中の虎を讃えた。

［8.69.31］今日私は兄弟たちとともに大地の王である、クリシュナよ。あなたの導きと武勇と知恵によって守られたのだ。

［8.69.32］かの邪悪な魂のドゥルヨーダナも、人中の虎カルナが傷ついて殺されたのを見て、カルナという偉大な戦車乗りが殺されて、今頃人生と王位の両方に絶望しているだろう。

［8.69.33］人中の牡牛よ、我々はあなたのおかげで目的を達成した。ヤドゥの子よ、あなたとガーンディーヴァの引手は勝者である。クリシュナよ、幸いにもあなたは勝った。幸いにもカルナは滅ぼされた。

［8.69.34］大王よ、法の王ユディシュティラは、このようにとても喜んでクリシュナとアルジュナを

讃えた。

[8.69.35] それからビーマをはじめとする全ての兄弟たちに囲まれた王を、喜びに満ちた偉大な戦車乗りたちが祝った。

[8.69.36] ナクラとサハデーヴァ、パーンダヴァの子ビーマ、サートヤキというヴリシュニの最高の戦車乗りたちである、王よ。

[8.69.37] ドリシュタデュムナとシカンディン、パーンドゥとパンチャーラ、スリンジャヤは、カルナが殺されてクンティーの子アルジュナを崇敬した。

[8.69.38] 彼らはパーンドゥの子ユディシュティラの王位を祝福し、勝利を求め、目的を持ち、戦いを喜ぶ良き戦士たちであった。

[8.69.39] 祝意のこもった言葉で敵を倒す二人のクリシュナを讃えながら、喜びに満ちた偉大な戦車乗りたちは自らの陣地に戻っていった。

[8.69.40] このようにこの巨大で身の毛のよだつような喪失が起こったのである。王よ、あなたの奸計によって生じたことをなぜ悲しむのか。

ヴァイシャンパーヤナは言った。

[8.69.41] 王よ、このような悲劇を聞いて、大地の王、ドリタラーシュトラは意識を失って地面に倒れた。カウラヴァは最悪の破滅を迎えた。真理に専心し法を知る女神ガーンダーリーも同

様であった。

[8.69.42] かの王をヴィドゥラとサンジャヤが引き起こして、両人は王を慰めた。

[8.69.43] 同様に王の侍女たちがガーンダーリーを助け起こした。二人に慰められて王は心ここにあらずという様子で黙っていた。

「カルナの章」完結。

結語

かくして孤高の英雄カルナはアルジュナに倒された。カルナは結局自らの不運という呪いを払拭することができず、「与えられるもの」たる英雄アルジュナに敗れたのであるが、カルナの状態が万全であったなら、不運に見舞われなかったら、勝敗の天秤はどちらに傾いたかわからないほどの激戦であった。

カルナの死後、カウラヴァの総指揮はカルナの御者を務めたマドラの王シャルヤが執ることとなるが、そのシャルヤも倒れ、いよいよ戦況はパーンダヴァに傾いていく。アシュヴァッターマンの夜襲によってパーンダヴァの多くの戦士たちが殺されることとなるが、戦いはパーンダヴァの勝利に終わる。戦後に様々なエピソードがあるが、詳細については本書第3章を参照されたい。

『マハーバーラタ』における大戦争・クルクシェートラの戦いでは様々に戦闘が描かれるが、アルジュナとカルナの一騎打ちが描かれるその熱量は、そうした戦いの描写の中でも飛び抜けて高いと言えるかもしれない。もはや読み手にとっては実際に何が起こっているのか想像の域を超える、巨大な力と力のぶつかり合いであって、古代のインド人が「英雄」という存在に抱いた想像力の豊かさに脱帽せざるを得ない。互いに互いを倒すという誓いを立て、それぞれ相手が生き残るか自分が生き残るかのどちらかしか可能性はないという運命を自覚しての両雄の戦いは、三界の神々やそれに属する様々な存在も熱狂する大掛かりなものとなった。

神々の間でもアルジュナとカルナの力は認められており、その勝敗が世界の趨勢を決めるとすら考えられていたほどであった。彼らの力が世界を滅ぼしうるものであることが認識されていたのである。そうして、より善なる存在と目されていたアルジュナの勝利によって世界は滅亡を免れたと神々は考えた。創造主であっても、人間（カルナもアルジュナも父は神だが）の戦いによって世界が左右されることは世界の運命のうちであったのである。

インドの神話においては神々も様々に人間と関わり、超越的な存在としては描かれないことも多い。超常的な力を持つ人間にはなんらかの「神性」——神の血を引いていたり、神に力を与えられていたりなど――があるとされることが多く、神と人との境界線も曖昧である。尤もそれはインドに限った話ではなく、自然発生的な民族宗教にはしばしば見られる傾向でもある。そして、神話の系譜を引く『マハーバーラタ』においてもそれは顕著であって、神々は人間との間に子をなし、その子に愛情を抱き、子らの滅びの運命を回避しようと努力する。結果としてインドラの子アルジュナが太陽神スーリヤの子カルナに勝利したが、父たる神がその息子に抱いていた愛情に差があったわけではない。

筆者が「カルナの巻」を訳出して感じたことは、上述のようなことに加えて、用いられる言葉の強さである。『マハーバーラタ』は決して所謂美文で書かれているわけではないが、日頃哲学的文献にばかり接している身からすると十分に比喩や持って回った言い回しに満ちているし、当然神話などの知識も要求される。浅学たる身には余る仕事であったが、おかげでサンスクリットが「生きた言語」として持つ力に触れることができた。哲学研究者としての自分は常々対象との適切な距離を保つことに腐心しているのだが、今回は『マハーバーラタ』の世界に耽溺していた。アルジュナとクリシュナの問答に圧倒され、戦いの描写に興奮しながら訳出したのだが、筆者が抱いた興奮がわずかでもこれを読む方々に伝わっていれば幸いである。

あとがき

筆者が『マハーバーラタ』の「カルナの巻」を訳出しようと考えたのはさほど深い理由があったわけではない。筆者は詩学や文学を専門とするものではなく、狭い意味での専門はサンスクリットの文法学や言語理論である。それがなぜ『マハーバーラタ』に手を付けるという「蛮行」に及んだかというと、きっかけは筆者が監修を務めた『いちばんわかりやすいインド神話』(実業之日本社、二〇一九年)の筆者である天竺奇譚先生との雑談の中で「FGOのファンの人達が何を読みたいだろうか」という話になったことである。そうしてTwitterで話題にしたところ多くの反応をいただき、その中で飛び抜けて多かったのが「アルジュナとカルナの決着を読みたい」という趣旨のものであったため、一応サンスクリットをある程度は読める筆者がそのニーズに応えようと考えたのである。

そして当初は同人誌としての出版を考えていたのであるが、神話学者の沖田瑞穂先生が「それはもったいない」と商業出版を勧めてくださって勉誠社を紹介してくださった。その結果本書がここにあるのであって、天竺奇譚先生と沖田瑞穂先生のお力があってのものであることをここに記しておく。

専門家ならざる筆者の訳業には及ばぬところも多々あるに違いない。また、筆者はFateというとStay NightとHollow AtaraxiaとZeroしかわからぬオールド厄介オタクなので（本書の執筆中は『月姫』にかなり時間を奪われた）、サーヴァントとしてのカルナやアルジュナを知らない。したがってファンの方々の熱量を測りかねているところもあるだろう。

さらに、『マハーバーラタ』の邦訳という点では、上村勝彦先生という偉大な先達がおり、そのあとを継ぐような仕事になることへの躊躇がなかったかというと嘘になる。筆者は専門の違いもあって生前の上村先生の謦咳に接する機会も多くはなかったが、偉大な学者であったことに間違いはなく、浅学非才の身たる筆者がそのような先生の偉大な仕事の尻馬に乗るような形になり、その点へのご批判もありうるであろう。しかし、需要があるところ供給があるべきなのであって、筆者の拙い訳であっても「カルナの運命を知りたい」という読者の期待にはある程度応えられているのではないかとも考える。

本書は先に挙げた両先生の他多くの方の力で成り立っている。美麗なイラストを描いてくださった江川あきら先生（本書を表紙に惹かれて購入された方もいらっしゃるだろう。「表紙詐欺」というご批判は受け止める）、さらに経験の乏しい筆者の原稿を素晴らしい一冊にまとめてくださった勉誠社の武内可夏子氏には深く感謝を申し上げたい。

二〇二二年、東京新宿にてLiella! を聴きながら

川尻道哉

参考文献

テキスト

The Mahābhārata, 5 vols, text as constituted in its critical edition, Bhandarkar Oriental Institute（Poona）, 1971-1975.（https://titus.uni-frankfurt.de/texte/etcs/ind/aind/mbh/mbh.htm）

Mahabharatam with the Commentary of Nīlakantha, 6 vols, ed. by R. Kinjawadekar, 6 vols, Poona, 1929-1933.

参考文献

Adruli, V. & Bagchee, J. ed., *Reading the Fifth Veda: Studies on the Mahābhārata-Essays by Alf Hiltebeitel*, Volume 1, Numen Book Series Studies in the History of Religions Texts and Sources in the History of Religions, Vol. 131, Brill（2011）.

Brockington, J.: *The Sanskrit Epics*, Brill（1998）.

Debroy, Bibek: *The Mahabharata, Volume 7*, Penguin Random House India（2013）.

Ganguli, K. M. : *The Mahabharata of Krishna-Dwaipayana Vyasa, Volume 3*:（https://www.gutenberg.org/ebooks/15476）

Olivelle, P.: *The Āśrama System: The History and Hermeneutics of a Religious Institution*, Oxford University Press

(1993).

Singh, U: *A History of Ancient and Early Medieval India: From the Stone Age to the 12th Century*, Pearson Longman (2009).

Takahashi, Kenji: Is the Mind Useful in the Practice of Yoga?: King Alarka's Yoga in Anugītā 15 (Mahābhārata 14.30),『比較論理学研究』15, pp, 159-171 (2018).

Talbott, R.F.: *Sacred Sacrifice: Ritual Paradigms in Vedic Religion and Early Christianity*, Wipf and Stock Publishers (2005).

Tsuchida, Ryutaro: Considerations on the Narrative Structure of the Mahābhārata, *Studies in Indian Philosophy and Buddhism*, 15, pp. 1-26 (2008).

Tsuchida, Ryutaro: Some Reflections on the Chronological Problems of the Mahābhārata, *Studies in Indian Philosophy and Buddhism*, 16, pp. 1-24 (2009).

赤松明彦『インド哲学10講』岩波新書（二〇一八）。

沖田瑞穂『マハーバーラタ入門　インド神話の世界』勉誠出版（二〇一九）。

上村勝彦『バガヴァッド・ギーター』岩波文庫（一九九二）。

上村勝彦『原典訳　マハーバーラタ』第一巻、ちくま学芸文庫（二〇〇二）。

徳永宗雄「『マハーバーラタ』第12巻の成立に関する覚え書き」、『印度学仏教学研究』第五十一巻第一号、六七―六九頁（二〇〇二）。

中村史「『マハーバーラタ』第13巻の構想と説話」、『印度学仏教学研究』第六十三巻第一号、二五五―二六一ページ（二〇一四）。

早島鏡正他『インド思想史』東京大学出版会（一九八二）。

原実「インドの日輪神話――カルナ伝説を巡って」、『東方』二、九二―一一一ページ（一九八六）。

原実「Tvam——古典梵語二人称不敬代名詞」、『インド思想史研究』九、七八—九二ページ（一九九七）。

前田專學『インド思想入門　ヴェーダとウパニシャッド』春秋社（二〇一六）。

鎧淳『マハーバーラタ　ナラ王物語——ダマヤンティー姫の数奇な生涯』岩波文庫（一九八九）。

渡瀬信之『マヌ法典——ヒンドゥー教世界の原型』中公新書（一九九〇）。

著者略歴
川 尻 道 哉（かわじり・みちや）
1967年生まれ。
東京大学大学院博士課程満期退学。東海大学文化社会学部准教授。
専門はサンスクリットの文法学、言語理論、言語哲学。
監修に天竺奇譚著『いちばんわかりやすいインド神話』（実業之日本社、2019年）などがある。

カルナとアルジュナ
――『マハーバーラタ』の英雄譚を読む

2022年8月30日　初版発行

著 者　川尻道哉

制 作　株式会社勉誠社
発 売　勉誠出版株式会社
〒101-0061　東京都千代田区神田三崎町 2-18-4
TEL：(03)5215-9021（代）　FAX：(03)5215-9025

印 刷
製 本　中央精版印刷

ISBN978-4-585-31011-2　C0014

マハーバーラタ入門
インド神話の世界

十八巻・十万詩節からなるヒンドゥー教の聖典を一冊にまとめた画期的入門書！神々・英雄たちが活躍する今話題の『マハーバーラタ』が一冊で丸わかり！

沖田瑞穂 著・本体一八〇〇円（＋税）

世界神話伝説大事典

全世界五十におよぶ地域を網羅した画期的大事典。「神名・固有名詞篇」では一五〇〇超もの項目を立項。現代にも影響を及ぼす話題の宝庫。

篠田知和基・丸山顯德 編・本体二五〇〇〇円（＋税）

世界神話入門

宇宙の成り立ち、異世界の風景、異類との婚姻、神々の戦争と恋愛…。世界中の神話を類型ごとに解説し、神話そのものの成立に関する深い洞察を展開する。

篠田知和基 編・本体二四〇〇円（＋税）

フランスの神話と伝承

蛇女メリュジーヌ、魔女、ガルガンチュアから赤ずきん、青ひげ、星の王子様まで…時に恐ろしく、時に滑稽で、妖艶な神々や妖精の活躍を読み解く！

篠田知和基 編・本体一五〇〇円（＋税）

水・雪・氷のフォークロア
北の人々の伝承世界

北方に生きる人々の自然観・世界観をフィールドワークや文献資料を通して垣間見ることで、これからの人間と自然環境の共存のあり方を考える。

山田仁史・永山ゆかり・藤原潤子 編・本体三五〇〇円（＋税）

世界の洪水神話
海に浮かぶ文明

世界中に伝わる洪水神話を紐解き、あらゆる文明に共通する「始まり」と「おわり」の物語に接近。地域、民族を越える文化の交流と人類文化の古層に迫る。

篠田知和基・丸山顯德 編・本体四五〇〇円（＋税）

「神話」を近現代に問う

時代と時代、社会と社会をつなぐ文化装置としての近代の「神話」が持つ社会的意義を、その成立過程・創作過程から改めて評価する。

植朗子・南郷晃子・清川祥恵 編・本体二五〇〇円（＋税）

古事記
環太平洋の日本神話

「古事記」を中心に日本神話の全体を見直し、環太平洋神話の一つとして捉え直すことで、その普遍性と独自性を浮き彫りにする。

丸山顯德 編・本体二〇〇〇円（＋税）

日本全国神話・伝説の旅

日本のあけぼの飛鳥・宇陀から渡来人の足跡まで、日本人のルーツを今に伝える八〇〇以上の伝承地を、一二〇〇超の豊富な写真資料とともにフルカラーで紹介。

吉元昭治 著・本体九八〇〇円（＋税）

日本の神話・伝説を歩く

日本各地には神話・伝説・伝承を伝える史跡や遺物が数多く残されている。日本文化の根源を知るためのガイドブック。四〇〇箇所にわたる伝承地をカラー写真で紹介！

吉元昭治 著・本体四八〇〇円（＋税）

日本ミステリアス 妖怪・怪奇・妖人事典

ときにユーモラスで楽しく、ときに恐ろしく、哀しく寂しい…妖怪・鬼・悪霊から神仙・超人まで、日本に息づく異界のものたちを網羅した、不可思議総合事典！

志村有弘 編・本体四五〇〇円（＋税）

お伽草子超入門

妖怪、異類婚姻、恋愛、歌人伝説、高僧伝説など6つの物語を紹介。読みやすい現代語訳、多数の図版とともに読み解く。「モチーフ索引」「妖怪小辞典」を付す。

伊藤慎吾 編・本体二八〇〇円（＋税）

列伝体　妖怪学前史

現代の妖怪学に影響を与えた二十三人が刻んだ点と線を、二五〇点超の貴重図版とともに紹介。本邦初！　妖怪学〈以前〉の流れを捉えた一冊！

伊藤慎吾・氷厘亭氷泉 編・本体二八〇〇円（＋税）

怪異学講義
王権・信仰・いとなみ

古記録や歴史書、説話、絵画といった多数の資料を渉猟し、政治・信仰・寺社・都市・村・生活など多様な視点から「怪異」とそれに対する人々の営みを読み解いた画期的入門書。

東アジア恠異学会 編・本体三二〇〇円（＋税）

中国史書入門　現代語訳
隋書

皇帝の本紀全篇を中心に掲出した列伝の全文を現代語訳。『隋書』や「隋」という時代を理解するためのコラムを7本、地図や官品表などの資料を収録。

中林史朗・山口謠司 監修／池田雅典・大兼健寛・洲脇武志・田中良明 訳・本体四二〇〇円（＋税）

全訳 封神演義　全4巻

中国古典神怪小説の集大成、全一〇〇回を全訳。神仙研究者、中国文学者、中国白話小説（封神演義）研究者、中国民間信仰研究者、各エキスパートが訳出。

二階堂善弘 監訳／山下一夫・中塚亮・二ノ宮聡 訳
各巻本体三二〇〇円（＋税）

武将で読む
三国志演義読本

『三国志演義』を、武将毎の視点から読む。名場面、人物の詳細な紹介や、「武将図絵」や「戦場図」、「武将相関図」など資料も充実。

後藤裕也・小林瑞恵・高橋康浩・中川諭 著
中塚翠涛 題字・本体二七〇〇円（+税）

日本SF誕生
空想と科学の作家たち

一九六〇年代、まだSFは未知の文学ジャンルだった。不可思議な現象と科学に好奇心を燃やし、SFを広めようと苦闘する作家たちの物語。

豊田有恒 著・本体一八〇〇円（+税）

日本アニメ誕生

日本アニメのオリジナル・シナリオライター第一号として、数々の作品とともに歩んだ筆者が、貴重なエピソード・お蔵出しの資料とともに伝えるアニメ誕生秘話！

豊田有恒 著・本体一八〇〇円（+税）

ライトノベル史入門
『ドラゴンマガジン』創刊物語 狼煙を上げた先駆者たち

ライトノベルが誕生していく過程を『ドラゴンマガジン』とその周辺状況に着目しつつ、多数の資料と同時代を経験した人物のインタビューから描き出す。

山中智省 著・本体一八〇〇円（+税）